ばけもの姫の再婚

本葉かのこ

富士見Ｌ文庫

目次

イラスト／サカノ景子

これでわたしも幸せになれる。
女学校を寿退学した、十六の春。
両親の祝福を受けながら、黄桜《きざくら》ありすは明るい未来を夢見ていた。

第一章　幸せな破婚

明治二十三年開業の帝国《ていこく》ホテル。

その迎賓館としても使用される鳳凰《ほうおう》の間では、今宵《こよい》、とある少女のお披露目会が開かれていた。

──いよいよだわ。

父の紹介で知り合った、霧島松也《きりしままつや》と晴れて夫婦になったのは五日前のことである。妻としてのはじめての務めを目前とし、ありすは表情を引き締めていた。

楽団が、優雅なワルツを奏で出す。

シャンデリアの淡い光の下で、紳士たちはうやうやしく腰を折り、パートナーをダンスへと誘う。

少しして、泣きぼくろの旦那様も、ありすに右手を差し出した。

「さあ、行きましょうか」

「は、はい！」

胸元を、無数の真珠が彩る繊細な白絹。

最高級の反物で、この日のために仕立てた特別な西洋衣装である。

お化粧は、おかしくないかしら？

そんなことを思うけれど、旦那様に手を引かれてホールの中央へ。

みんな見ている。

当然だ。

若き実業家である松也は、ありすの生家である黄桜《きざくら》男爵家の家族はもちろんのこと、その知り合いの上流階級にある方々、自分の仕事の関係者までをもこの場に招待していた。

自ら求婚し、貴族院にも認められて結婚した少女を、みなに紹介するのが目的なのだ。

彼らは決してじろじろ見たりなんて、はしたないことはしないけれど、ありすは己の一挙手一投足を値踏みされているのを感じ取っていた。

大丈夫よ！　あんなに一生懸命、練習したんだからっ。

ありすに足を踏まれながらもダンスの練習につきあってくれた父の晴信《はるのぶ》は、こちらを嬉《うれ》しそうな顔で見ている。その隣では、母の雪子《ゆきこ》が疑わしげなまなざしをありすに向けていた。

その冷ややかさに、ありすはさらに緊張したのだけれど、母の肩をよぎる金色の尾を見つけた瞬間、頬をほころばせる。

毛足が長い、白と金の猫に似た生き物。

しかし形が似ているだけで、明らかに猫ではない。人と同じほどの大きさで、琥珀《こはく》の双眸《そうぼう》は燃えるように強く揺らいでいる。

「ふふ」と、ありすは笑みをこぼした。

まったく、お玉《たま》さんったら来ないって言っていたのに！　器まで置いてきて、見に来てくれたのね。

物心つく前からずっといっしょの友人の姿は、他の者には視《み》えていないだろう。母の頬をはたはた尻尾がぶつかっているが、『普通の』人である母は、まったく気づいていない。黄桜家直系当主である父には視えているはずだが、お玉さんの好きにさせている。それが、ありすにはおかしかった。

うん、元気でてきた！　頑張ろう!!

そう心の中で呟《つぶや》いたとき、なにか強い光を感じた気がした。

思わず目をつぶった次の瞬間、ドレスから剝《む》き出しの腕がざっと粟立《あわだ》つ。

「ありすさん？」

ワルツのホールドをした松也が、不審そうに目を上げる。

言葉が出なかった。だってそれは、それは——殺気だったから。

「……どうか、なさいましたか？」

優雅な音楽に、くるり、くるりとワルツを踊るひとびと。

旦那様は待っている、わたしのことを。心配そうなまなざしで。

その大切な旦那様に、『それら』は張り憑《つ》いていた。


『まああったく、どういうことかしら！』

『ほんとよぉ！　なんでこんなミソッカスが、松様の花嫁!?』

『品格も、女としての色気だって、欠片《かけら》もない洟《はな》ったれの小娘じゃなあい』

『こんなのに、わたくしの松様をとられるなんてぇぇぇ』


ひとりは、品のある紫紺の地に柳の柄の着物を着た、良家の令嬢らしき幽霊。

ひとりは、真っ赤な三日月のような笑みを浮かべた、美貌の芸妓《げいぎ》らしき幽霊。

対照的な女たちはべったりと！　松也の体にしなだれかかって、その両脇からお互いを牽制《けんせい》しながら怒鳴り合っている。

金切り声に耳を塞ぎたい衝動をありすが堪えていると、松也はさらに眉をひそめた。

「どうかされましたか？」

「い、いえ。少し緊張をして」

ああ、誰か嘘《うそ》だって言ってっ。なんでこんなときに、こんなモノが視えるのぉ……！

『ちょぉっとおおお。芸妓風情が調子に乗るんじゃないわよ!! 松也様が一体誰のものだってええ!?』

『わーたーくーしですけど？ だぁぁってぇぇ、松様はわたくしを落籍《ひか》しておうちにいれてくれるって言ったものぉ』

……なんですって？

『あはっ、これでもわたくし、新橋《しんばし》では顔でございますのよ？ 流感で果無《はかな》くなりましたが、泣かせの菊千代《きくちよ》って聞いたことありませんかねぇ。婦人誌にも載ったことがあるんですが？』

『新橋の芸者？ ああああどうりで。品がないと思ったら納得ですわぁ。私の父は、子爵でしてよ？ 歴史ある近衛《このえ》家の一人娘だとお伝えすれば、いくら学のない方にでも、私とあなたさまとの格の違いが理解できるかしら？』

『ふっざけんなよ、おばさん!!』

耳をつんざくけたたましい声は、ひとではなく狂鳥のそれだ。

生から解放され、理性がはずれ膨らんだ未練、情欲は凄《すさ》まじい。彼女たちが空恐ろしくて、ありすの体に震えが走るが、さらなる恐怖は——視界の端にあった。

もうひとり、女がいる。

それは上流階級でも芸妓でもない。おそらくは長屋暮らしの娘だろう。

色あせた着古しの着物に、身なりとは不釣り合いな血赤珊瑚《さんご》の花嫁簪《かんざし》を挿している。

なにより気になるのは、彼女の首元。黒い靄《もや》が蛇のように絡みついて、何とも禍々《まがまが》しかった。

彼女は言葉を発していなかった。

その靄のせいなのか、声自体が出せないようで、ただはくはくと、はくはくと、唇を動かしながら、松也を睨《にら》んでいる。

それは静かだが、明確な殺意の籠もった瞳であった。

「あの？」

そうとも知らず、旦那様は「踊らないのですか？」と困った様子ではにかんでいる。

ここまで恨まれるのはただ事ではないと、ありすの胸は騒ぐが、彼の涼やかな瞳も、整った白い面も魅力的だ。加えて、若く財力もある。女の幽霊のひとりやふたり、取り憑いていてもおかしくないのかもしれない。

「不安な顔をしないで、ありすさん。たしかに、君はこの場で誰よりも輝いて、僕の妻としてふさわしいと証明しなければなりません。でもね、僕がリードしますから。安心して、その身をゆだねてください」

おまけに、とても紳士で優しい。

ありすはワルツの一歩を踏み出し、滑るように踊り始める。

くるりくるりと。回る回る。

花びらのように、ふわり、とひるがえる洋装。しなやかに体をそらせ、女性らしく、綺《き》麗《れい》に回る。

ほう、と感嘆の吐息が聞こえた。室内の緊張が緩み、穏やかな雰囲気が流れる。そこに、

『あああ、妬ましいぃぃ。殺してやるぅぅ』

すべてを切り裂く幽鬼の声。

ありすは助けを求めて、父を探す。しかしその姿はなく、かわりに目に映ったのは、尻

尾を揺らして嗤《わら》う、白金の相棒。

ねえ、お玉さん。わたし、どうしたらいいの？

力強い、琥珀の瞳。その瞳と目が合った瞬間、旦那様の優しい声が蘇《よみがえ》った。


『僕が、あなたを幸せなお姫様にします』


彼に求婚されたとき、ありすはこれ以上の幸せはないと思った。

今までずっと、完璧な淑女である姉と自分を比べていた。『普通』から逸脱した自分には、姉のような素敵な結婚なんて決して叶《かな》わないと思っていた。

だから救われたのだと、あの瞬間、安堵《あんど》した。

ああ、わたしがこの人を守らなければ――

「旦那様、ひとつお聞かせ願えないでしょうか？」

「はい、なんでしょう？」

踊りながら、旦那様は穏やかに笑う。一瞬だけ周囲へ目を走らせて、周りの反応に満足したように肯《うなず》いた。

わたしの、妻としての務めは合格点に達したらしい。

ありすはほっと息を吐いて、踏み込んだ。

「こんなことを言うと気を悪くされるやもしれません。ですが、とても大切なことなのです」

松也に秋波を送る女たち。なにより殺気だった女の霊は、自覚がなくとも松也には有害だった。いつ凶暴化して、松也に襲いかかるやも知れず、早い内に供養したほうがいいだろう。優しい松也となら、きっと、それができるはず。

「僕とあなたはすでに夫婦なのです。なにも隠し立てはしませんよ?」

松也は中央ホールで踊るひとびとを気にしながらも、嫌な顔ひとつしなかった。だから

ありすは胸を撫《な》で下ろして、彼の好意に甘えた。甘えてしまった。

「松也さんの周りで、血赤珊瑚の花嫁簪をつけた娘はおりませんでしたか? あと、菊千代さんという芸者、近衛家のご令嬢にも心当たりは……」

その瞬間、ありすの体は急に支えを失って、宙を浮いた。ドンッと、なにかに弾《はじ》かれたのだと遅れて気づいた。

ありすは手を伸ばす。旦那様に向かって。

その、瞳に映ったものそれは――

「お前は!! やはり化け物なのだな!」

嫌悪で顔を歪《ゆが》めた、男の姿だった。

◇◇◇

──その後の記憶は曖昧だった。

恐ろしい顔をした旦那様と、幽鬼の嘲笑。

『化け物が！』と罵る声に、ありすは転がるようにして逃げ出した。

しかし、いくら走っても幻聴は追いかけてきて、ひとけのないところ、ひとけのないところへと。

気づけば、ひろびろとした庭園にいた。

月明かりを受けて、白い薔薇《そうび》がひそやかに輝いている。花開くときを待つ汚れなき白い蕾《つぼみ》に、ありすは先ほどまで純白だった洋装の汚れが気になった。

「これから、どうしたら……」

あの場に戻るなんて、恐ろしくてできなかった。

実家に帰りたいが、黄桜家の馬車は他の来訪者たちのそれと同様、ホテル北門の俥止《くるま》まりにあるはずで、そこに足を向けるのも躊躇《ためら》われる。

それに……お母様はわたしのみっともなさに怒って、帰ってしまったでしょう。お父様にも恥ずかしい想《おも》いをさせてしまった……。

「ああ！　もう、消えてしまいたい……どうして、こんなことに」

目頭が熱くなって、涙が頬を伝った。止めようとしたけれど、はらはらと雫《しずく》が滑り落ちてゆく。手巾《ハンカチ》を目元に強く当てて、

「落ち込まない、黄桜ありす！　旦那様は動揺して怒鳴ってしまっただけよ。きっと」

きっと話せばわかってくれる。

あやかしが視《み》えることを隠していた自分が悪かったのだ。謝ればきっと、きっと、また優しく笑ってくれるはず。

そう、へたり込みそうになる己を慰めて、ありすは天を仰いだ。梅雨の、水分を含んだ夜気が、頭のレースのリボンを撫でていく。

夜風は優しいが、拭っても拭っても、ありすの頬が乾くことはなかった。

そうしてしばらく棒立ちになっていると、ふいに、薔薇の香りとは違う甘やかな匂いが運ばれてきた。

見れば、白い大理石の東屋《あずまや》がある。

それを見た瞬間、ああ、休みたい……と思ったのだけれど、その暗がりに、横になって

いる人影があった。

いやね、酔っ払い？

ホテルの庭園は、外からも人が侵入できる造りだった。いささか危険かもしれない。ありすはすぐに立ち去ろうとしたが、苦しげな呻《うめ》き声が聞こえてきて、足を止める。

「……大丈夫、ですか？」

恐る恐る東屋に近寄って、『それ』を目にした瞬間、涙が引っ込んだ。

この方は……天使さま？

金色の、柔らかそうな髪だった。すっと通った鼻筋をしていて、彫りの深い面立ちに目を奪われる。

その人はきつく目をつぶって眉間に皺《しわ》を寄せているが、それでもこれほどに美しい存在を目にするのははじめてだった。

ああ、そうだ。おばあちゃんが見せてくれた、西洋画の天使様に似ているんだ。あの天使様は、とろりとした蜜柑色《みかんいろ》の瞳をしていたけれど、この方は、どんな瞳の色をしているのだろう？

そんなことをぼんやり思っていたら、天使様の薄い唇から美声が漏れる。

「ぃやだ……こないで……」

か細いが、男性の声のように聞こえた。

しかも自分が理解できる言葉である。ありすはこのときになってはじめて、彼が仕立てのよい背広を着ていることに気づいた。

「男の人、なのね……」

あやかしが視えるありすは、海を越えた西洋に天使がいてもなんら不思議はないと感じていたし、彼の美しさは人間離れしていて、天使でないほうが違和感がある。

頬に右手をあてて、改めて青年を見下ろす。

彼は悪夢を見ているのだろう。立派な紳士のようだが、その表情はひどく苦しげで、寂しげで、あどけない少年のようにも見えた。

「大丈夫ですよ？　それは、夢です。目を覚ませば、苦しいことなどございませんよ」

手巾で、青年の額の汗の玉を拭う。うっかり指先が触れた瞬間、ひどく熱を帯びていることに気づいた。

「大丈夫ですか⁉」

ありすは彼の額に右手をあてる。やはり熱い。これはホテルのひとを呼ばなければ――

そう思い離れようとした瞬間、ありすの腕は摑《つか》まれた。

ぐいっと引っ張られて出会ったのは、氷のように冷たい色をした瞳。

「あなたは、だれ？」

「え……」

ありすは戸惑って、自分の手首を見つめる。骨の浮いた、がっしりとした男の手は力強く痛みを覚えたが、不思議と恐《こわ》いとは思わなかった。

それは彼の手が震えていたのと、迷子の子供のように、その瞳が寂しく揺れていたからかもしれない。

安心させようと名乗ろうとして、はたと『黄桜』を名乗ればいいのか、『霧島』を名乗ってもいいのか迷った。結局、

「ありす、と申します」と返してから、いささか後悔した。

ああ。こんな名乗り方をして、怪しまれないかしら？　……ただでさえ、わたしの名前は変わっているというのに。

ありすの名前は、祖母の黄桜毅子《つよこ》が付けたものである。

豪放磊落《ごうほうらいらく》。博識だがハイカラな人で断髪をしている。

明治五年『女子断髪禁止令』が発令され、男性が髷《まげ》を下ろしていく中、女性は髪を切ることを禁止されていた。伝統的な日本髪の維持にはお金と手間がかかり、なによりほどいて洗うことがなかなかできず、不便で、不衛生だ。

忙しい女性たちの抵抗により法令が撤回されてからは、西洋的な束髪――ひさし髪、七三、耳隠しなどさまざまな髪型が流行《はや》りだした。

その中でも今最先端の髪型が髪を短く断った断髪で、革新的な若い女性や、自立した職業婦人の間で人気となっている。

断髪は和装と洋装、どちらにも似合うと言われている。

しかし女の髪は短く切ってはならないという禁忌が根強く残っているため、祖母の世代で断髪をしている人はいない。若い頃に留学し、当然のように外国語を操る祖母だからこそ踏み切れた髪型ともいえる。

ありすもひそかに断髪に憧れている。しかし、伝統的な丸髷《まるまげ》を崩さない雪子の目を恐れ、そのことは言えないでいた。

『あはは、あんたも好きにすればいいのよぉ。時代の先端をゆく名前をつけてやったのに、囚《とら》われることが好きだねぇ』

大らかな祖母はそう背を叩《たた》くが、彼女は普段から地方を飛び回っていて屋敷《やしき》に滅多にいない。女主人の母の圧力に勝つには、ありすはまだまだ子供であった。

ほんとうに、おばあちゃんったら自由気儘《きまま》なんだから！

堅苦しいのが大嫌いで、おばあさまと呼ぶと嫌な顔をする祖母に対し、ありすは心の中で抗議する。

わたしは普通に生きたいのに。せめて、もう少し普通の名前だったら。

黄桜家は一応爵位持ちだが、『特殊』な一族だ。その特殊さを引き継ぐありすだから、その名をつけたと祖母は豪語するが、ありすは自分の名が人によって断髪と同じくらい抵抗されやすい響きであることを知っていた。しかし、

「ありす様。なるほど、とてもいいお名前ですね」

彼はしばらく考え込んだ後、そう返してきた。それはお世辞なのだろうけれど、ふわりと微笑も送られてきて、ありすはどぎまぎと目を逸《そ》らしてしまった。

て、天使様の微笑《ほほえ》み、すごい破壊力。

それが見られただけでも、名乗ってよかったと思えるほどだった。

男はありすの腕を掴んでいることに今気づいたようで、慌てて力を緩めると、深々と頭を下げて丁寧に謝罪した。

慌てたのはありすのほうである。

「ご覧の通り頑丈なのでお気になさいませんよう。それより、あなた様こそ体調が優れないのでは？　その、熱があるようでした。ホテルのひとをお呼びします」

「――お待ちを」

男は静かな声だが、いささか強い口調で制止してきた。

「僕の体調に問題はありません。優しいありす様に、介抱していただいたのがよかったのでしょう。それなのに、僕、いえ私はあなたを恐がらせるようなことを。突然、腕を掴んでしまったこと、お許しいただけないでしょうか？」

「ええ、もちろん」

「よかった……」

目尻を緩めて、男は吐息をこぼした。その姿は昔、屋敷に迷い込んできた、人懐こい仔《こ》犬《いぬ》を思い出させた。

こんなに立派な紳士で、女性よりもお美しいのに。とても、無邪気？　な方ね。

ありすが戸惑って小首を傾《かし》げていると、男は懐からハンカチーフを取り出した。

「なにか、悲しいことがありましたか？」

「……え？」

「涙の跡があります」

途端、ありすは恥ずかしさに真っ赤になった。

そうだ、少し前まで泣いていたのだ。きっと化粧は涙で落ちて、とんでもないことになっているだろう。

見せるに耐えず、うつむいた。視界に清潔そうな絹が差し出される。

「ありが、とうございます……」

おずおずと受け取って、顔を隠した。

こんな夜更けに女中もつれず泣いているなんて異常だ。天使様は心配そうな顔をしているけれど、実は怪しまれていたって文句は言えない。

幽霊かなにかだと勘違いされていたりして？　ああでも、己の恥を、なんと説明したら。

せめて今からでもおとなしい令嬢らしく振る舞わなければ、と思う一方、手遅れな気もしていた。

男はそれ以上、ありすの事情を追及してこなかった。

「私は空泉一臣《そらいずみかずおみ》といいます。仕事の付き合いで訪れたのですが、あなたに出会えて本当に嬉《うれ》しく思っています。私の車を回します。送らせてください」

そう言うと、ありすが止める間もなく、ホテルの建物の中へと進んでいく。

「こ、困ります！　見ず知らずの方にそんなご迷惑をおかけするわけには」

それも馬車ではなく、車を回すという。自家用自動車はたいへん稀少《きしょう》で高価で、こんなぼろぼろな自分が乗っていいものではなかった。

ありすの悲鳴じみた制止に男は振り返ると、眉尻を下げて訴えた。

「迷惑、なんて寂しいことを言わないでください。私はあなたにお礼がしたいのです。すぐに戻りますので、決していなくなりませぬよう。東屋でお待ちいただけないでしょうか……？」

「…………」

憐《あわ》れみすら感じさせる風情だが、有無を言わせなかった。

そして彼は宣言通りすぐに戻ってくると、うつむいて恐縮するありすの隣に座って、たわいない話をした。

その内容を、ありすは緊張していたせいでほとんど覚えていない。ただその声がとても耳心地がよく、こちらを気遣う空気が優しくて、胸にしみた。

その後、庭園のすぐ横に、ホテルの従業員が自動車を横付けした。

ありすはこの夜はじめて、自動車というものに乗った。

天鵞絨《びろうど》の座席はふかふかと柔らかく、まるで雲の上に座るようで。彼が運転する自動車は、馬車とは比べ物にならないほど乗り心地がよかった。

「それではまた」

「……はい」

男は名残惜しそうにありすをじっと見つめて、また寂しそうに笑った。

男の人からそんなふうに見つめられるのは、はじめてのことだった。

今夜ははじめてのことばかりだわ。なんだか、夢を見ていたような……？

ぼんやりと去って行く車を見送りながら、ありすは先ほどまでの悲しい気持ちが消えていることに気づくのだった。

◇◇◇

「あなたは普通ではありません」

母のその一言に、朝食の席は凍り付いた。

お披露目会翌日の朝である。ありすは蒼白《そうはく》となって身を縮める。

「わたくしは、謝罪を求めているわけではありません」

「申し訳、ございません……」

「はい……」

黒塗りのテエブルには、ありすの他に、父と母、それに母の隣には今年七つとなった末弟の晴海《はるみ》が座っている。三年前まではそこに姉の琴子《ことこ》がいて、出来の悪い妹を母から庇《かば》ってくれていたが今はいない。

代わりに、ありすの味方となってくれるのは父だった。

「雪子さん、その話は後にしませんか？……晴海も、いることですし」

それまで当たり障りのない話題を振りまいていた晴信は、困った顔をしている。しかし、雪子は矛を収めなかった。

「ええ、ですから皆の食事が終わるまで黙っておりましたの。そこのあなた、晴海を部屋に送り届けてくださる？」

若い女中を呼び止めると、雪子は隙のない美しい微笑みで、ちいさな我が子を見つめた。

「晴海、先にお勉強をしながら待っていてね」

「はい、お母様……」

幼いながらも勘のいい晴海は、強《こわ》ばった表情でありすを一瞬見たが、おとなしく女中に連れられていく。晴信はため息をついた。

「ありすから事情を聞きました。僕はこの子だけを責めるのは酷じゃないかと感じています。雪子さんには理解しにくいだろうけれど……」

ありすと同じように幽鬼が視《み》える父は同情的で、視えない妻に理解を求めようとしたが、雪子は首を振った。

「わたくしが理解しにくい事情など知りたくもなければ、知る必要もありません」

揺るぎない声で切り捨てると、ありすをひたりと見た。

「問題は衆人環視の下、黄桜家の家名に泥を塗ったということ。あなたは一体なにをして、化け物と罵られたというのですか？」

母はそう尋ねておきながら、ありすの答えなど待たなかった。

「琴子ならば、このようなことにはならなかったでしょう。晴海も普通の子です。ですが、あなたは普通ではない。よくよくそのことを自覚なさいませ。出しゃばらないで、口答えをしないでいるのが、幸せになる唯一の道だというのに……」

そう、深々と。

ため息まじりに嘆かれて、ずん、とありすは頭に重みを感じた。

「お母様、申し訳ございません。ですが、旦那様も誤解をしていると思うのです」

「口答えをしない」

「く、口答えでは。その、今日これから霧島家に行って、わたくしは謝罪をしてきますので」

「出しゃばらない」

「……………」

黙り込んだありすを、雪子はじっと見つめている。

美しく品のある面には、苛立《いらだ》ちといった感情は浮かんでいない。怒りなど通り越して、呆《あき》れ果《は》てているようだった。

「雪子さんは、どうしたい？」

父が片眉をあげてそう問うと、雪子は静かに応えた。

「こちらの非を認め、丁寧に謝罪をしましょう。晴信様、お手数ではございますが、霧島家を訪問していただけないでしょうか？」

「うんわかったよ」

晴信が砕けた様子で了承すると、雪子は柳眉を顰《ひそ》めた。しかしひとつため息をつくだけに留《とど》めて、ありすを見やる。

「あなたは何もしなくていいです。普通でないあなたが動けば、余計に拗《こじ》れるだけなのですから」

「お母様、でも……」

ありすの脳裏に、昨夜見た幽鬼たちが思い出される。あれを放っておくわけには、と思ったが、雪子がすっと目を細めるのを見て、言葉が出なくなった。

「あなたは何もできないのです。しばらく謹慎していなさい」

厳しい言葉に、ありすは目を伏せた。

会話が途絶えると、やがて女中たちのひそひそと囁《ささや》く声が聞こえた。その内容までは聞き取れなかったが、息苦しさを覚えた。

雪子の冷たい視線も、肌で感じる。

「ありす……」

晴信が心配して娘の元へとやってくる。

「あとは任せて休んでなさい。父様がどうにかしてくるから」

励ますように頭を撫《な》でられる。

「迷惑をかけて、ごめんなさい……」

「大丈夫だよ。君は結婚をして、霧島さんと夫婦となったんだ。そう簡単に縁が切れることはないよ。話せば、わかってくれるさ」

晴信は軽やかに笑った。

その名の通り、晴れを信じる楽天家らしい表情に、ありすはほっとする。

そうね。今は状況が状況だわ。あの幽鬼のことは、落ち着いてから対応すればいい。

お父様が旦那様を宥《なだ》めてくれるのを信じて待とうと、そう思い直したときだった。荒々しく、扉が開かれたのは。

「旦那様！　霧島家からお使者がお見えになっていますっ」

――ありすも、父のように思っていた。

夫婦の絆《きずな》とはかくも強く、固いものだと。簡単に切れるものではない、と。

しかしその日、弁明の余地もなく離縁状が叩《たた》きつけられたのである。

◇◇◇

ステンドグラスを叩く雨音が、静寂の洋館を包んでいた。

霧島家の訪問を受けてから、数日が経《た》った。

ずっと自室に引き籠もっていたありすは、女中の目を盗み、黄桜邸の書庫へとやってきていた。

ここはいつも静かだわ……。

明治初期、西洋文化の取り込みが推奨され、皇族や華族が競って西洋風の建物を建て始める中、この建物も増築された。

居住用の母屋は古い日本家屋を洋風に改築したものだったが、こちらは毅子が己のツテで外国人建築技師を呼び、わざわざ造らせたそうだ。

アールヌーヴォー様式の本格的な洋館は、しかし、特別な来客があったときに使われるのみである。奥の書庫にいたっては、黄桜家の当主と古くから仕える家令の橘《たちばな》しか入れない。

母の雪子でさえ入出を禁じられているのは、ここに黄桜家の捨て去った過去を記述する文献が眠るからである。

黄桜家は信州の桜葉《さくらば》家を主家とする地方武家であったが、さらに歴史を遡ると巫女《みこ》の血筋を引いている。

平安《へいあん》の時代からお祓《はら》い業——鬼祓《おにばら》いを商っていたそうだ。

戦乱の幕末期。桜葉家はお取り潰しとなったが、当時の黄桜家当主、黄桜毅子はその特殊な能力を遺憾なく発揮し、功労をあげ、黄桜家は男爵の位を賜った。

毅子は千里眼の持ち主であった。

それも黄桜家の歴代当主の中でも随一の能力者で、今もその力を振るって地方開拓を進めている。

戦後の不況で事業に失敗し黄桜の財産を減らし続ける父とは対照的に、毅子の辣腕はいまなお健在で、社交界にその名を轟《とどろ》かせている。

その毅子が、黄桜の能力をもっとも受け継いだのはありすだと、認めている。そして同時に力を振るわないよう、言い含められてもいた。

『鬼祓いなんて過去の遺物さ。世の中これからどんどん変わっていくだろうよ。お前は新しい世界に出て行きなさい』

時代は変わったと、毅子は言う。

大きな部分としては、明治初頭にお祓い家業は政府の管理下に置かれたのである。

結果として神社仏閣など確かな由来があって認められた、華族神職家以外の祓い屋家業はいかがわしいとして税金の取り立てを厳しくされた。

それで江戸の時代に多くいた同業者は廃業に追い込まれ、商売道具である呪物を売り払ってしまった。黄桜の宝具、『真実の鏡』も戦乱のどさくさで失われた。

『それにね、ガス灯が増えていくにつれ、ひとの畏れも薄れていくだろうさ。それが時代の流れというもの』

父の晴信は政府にバレないようこっそりと、ときおり鬼祓いの依頼を受けていたらしいが、最近では依頼自体がないらしい。

祖母の言うとおり、このまま鬼祓いの術は誰も必要としなくなっていくのだろう。西洋の新しい文化に触れるたび、ありすもそう感じている。

しかし同時に、どんなに新しいものが入ってきて人に忘れ去られたとしても、変わらないものがあるようにも思うのだ。現に、

「おいおい、難しい顔をしてどうしたんだ？」

古い文献を読んでいたありすは、灰色の猫に話しかけられる。微笑した。

「調べ事よ。ちょっと、気になることがあって」

「それは結婚五日で離婚されたことより、大事なことなのかい」

きしし、と嗤《わら》う猫。

憎たらしい、とありすは唇を尖《とが》らせるが、腫れ物扱いの女中たちと接するよりも、遙《はる》かに気は楽だった。

あやかしには嘘《うそ》がないから、自然でいられるわ。

「はじめから言っただろう？　あの男はよくない、と。縁が切れてよかったじゃないか」

が、あまりにずけずけと言われて、ありすは反論した。

「まだ切れてないですっ」

「離縁状には署名したんだろう？」

「そうだけど……あちらも外聞があるから、すぐには提出しないって……」

あの朝食の後、ありすは霧島に離縁を迫られた。

それも本人の口からではなく、生島《いくしま》という目つきの悪い使者がやってきて、『離縁状と、今後霧島家とは一切関わらないことを誓う念書に署名しろ』と言ってきたのだ。

ありすには訳がわからなかった。

あまりに一方的な言いように旦那様に会わせてほしい。そう取《と》り縋《すが》ると、素直に従わなければ賠償金を請求するとまで言われた。それで署名せざるを得なかったのは、黄桜家には父が最近こしらえた借金があったからである。

「あれは何かの間違いよ。旦那様は今興奮しているだけ。時期を見て、誤解をとくつもりなの。これはそのための調べ物なのよ！」

「へえ、そうかい」

灰色猫はつまらなそうな顔で、紅茶碗《わん》を傾けてお茶の香りを楽しんでいる。

モップのような毛皮に、琥珀《こはく》の双眸《そうぼう》。ありすの両腕で抱えられるくらいの大きさの長毛猫だが、それは見た目だけである。

その器の持ち主はすでにこの世を去っており、中身は平安の世から生きるあやかし、お玉さんであった。

黄桜邸にはお玉さんの他にもあやかしが平和に暮らしている。物心つく前から共にいる彼らは、ありすにとって家族のようなものだった。

だから、どんなにひとが畏れをなくそうとも、『彼ら』はこの世界から消えてなくならない。むしろ、政府の指針でお祓い家業が衰退したからこそ、自由を満喫しているように感じていた。

「危険な幽霊を視《み》たのよ。旦那様に取り憑《つ》いていた。それに、すごく不思議なのだけど、わたしはその幽霊たちに、はじめまったく気づけなくて、でも、急に視えるようになったの。こんなこと今までなかったわ」

「……そりゃあ、結婚に浮かれて感覚が鈍っていたんだろうよ。弱い幽霊は、人には視えにくいしなぁ」

「え！　じゃあ、お玉さんにははじめから視えていたの？」

灰色猫はふっと鼻を鳴らす。ゴロゴロ、と自慢するように喉まで鳴らした。

「なにかいるな、とは思ったよ。よわっちいひとの霊なんぞに興味はなかったが」

「そうだったの。でもやっぱり不思議だわ。なにがきっかけで、わたしは視えるようになったのかしら？　幽霊が凶暴化して、力を持つようになった、とか？」

それだったら早く、旦那様の幽霊を祓わないと。

そう意気込むありすに、お玉さんは呆れたようにため息を返す。

「旦那様じゃなくて、元旦那様だろう？　縁が切れたんだから」

「まだ切れてない。切れてないはず、です！」

「これを機会に切っておけよぉ。あんな幽鬼がぞろぞろ憑いてる男なんて、碌《ろく》なもんじゃない」

「あ、あれだけ魅力的な人なんだもの。女性に未練を持たれても仕方ないわ」

「魅力的、かねぇ？　お前はちやほやされて嬉《うれ》しかっただけじゃないのか？　あれの本質が、そのどんぐりみたいな、まん丸な目ん玉に曇りなくうつっているのかい？」

「……本質ってなによ？」

「あの男は実業家だ。目当ては le子の地方や社交界での発言力だろうさ。その縁を得るために、お前がたまたま選ばれた。打算だけの欲望に満ちた結婚なんて、心が満たされることはないぞ？」

「…………」

それだけじゃない、と否定できないのがつらかった。

ありすはこれといった取り柄がないことを、重々自覚している。

「わたしは、琴子姉様のようになりたいの。結婚をして、普通の幸せを手に入れたいの。だからがんばって、旦那様の誤解をとくのよ」

ありすは姉の黄桜琴子に子供の頃から憧れていた。

良家の子女が教養として嗜《たしな》む、習字や和歌、裁縫を完璧にこなし、立ち居振る舞いからして自分とはまったく違う。

格式ある侯爵家から嫁いできた母によく似た、美しいかんばせ。

慎《つつ》ましい唇からこぼれる優しい声音にはうっとりとしてしまう。

黄桜家は前当主の祖母を筆頭に、家令にしても女中にしても逞《たくま》しい者が多い。その中で母と琴子が見事な例外で、ありすはとても黄桜の気風を引き継いでいるのだが、時代は変わった。

今の世の中を幸せに生きるには、母の言うように普通であらざるを得ないのである。

しかしお玉さんにはそれが理解できない。

「琴子、ねえ？　あいつはつまらん。どんなに悪戯《いたずら》をしても、鈍いから気づかない。あそこまで鈍い女、この世界でやっていけるのか？」

「ちょっと！　お姉様になにをしたの!?　病弱な方なのよ」

「なに、あいつがもらったお菓子や飯をときどき喰《く》いにいくだけさ」

「盗みはよくありません!!」

「盗まなくとも、あいつは食べないじゃないか。捨てるくらいなら、食べてやらないとな」

ああいえばこういう、とありすは頭を抱えた。

琴子の長所は、黄桜家の人間でありながら、あやかしがまったく感じ取れないことである。逆に鈍すぎて、悪さをしようとするあやかしにつけ込まれることがないのだから、ある意味、最強な御仁だった。

ただ少しだけ病弱で、しかし、その欠点も琴子を守ってあげなければと周囲が奮起する結果となり、彼女は嫁ぎ先で大切にされている。

いっとき黄桜家の借金が膨れ上がり、父が祖母を恐《こわ》がって相談を躊躇《ためら》っていたところ、あちらから援助を申し出てくれた。

そのときの、母の姉に向けるまなざしを、ありすは今でも覚えている。

『本当にあなたはいいところに嫁いでくれたわ。あなたのような優しい娘を持てて、本当に嬉しい』

三年前のあのときは、女中のお給金すら滞っていたので、ありすも心底そう思った。

そしていつか、自分もいいところに嫁いで、姉のように家の役に立とうと決めたのだ。

「お玉さんには、わたしの結婚は打算的に見えるのだろうけど、人の世ではそれが普通なの」

女学校の令嬢は、いいところに嫁いで寿退学することを夢見ていた。むしろ卒業までに婚姻が決まらないことを恥として、恐れていた。

特に最近は、不況の煽《あお》りを受ける華族は珍しくなく、内証の厳しさから体面を保てなくなって爵位を返上する家が増えている。霧島のような実業家は華族から嫁をもらうことで家格に箔《はく》をつけることを、華族は自慢の娘を差し出して援助してもらうことを望んでいる。

それが今の普通で、それがみなの幸せに繫《つな》がる。

少なくとも、ありすはそう信じていた。

信じているから、今が踏ん張りどころだと主張する。

「もうっ。お玉さんがなんと言っても関係ないわ。わたしは旦那様と元通り、夫婦の関係を続けないといけないの。これ以上、変なことは言わないでちょうだい」

きつく睨《にら》みつけた瞬間だった。お玉さんは笑うように喉を鳴らした。

「な、なによ？」

「元気じゃないかずいぶんと」

「……え」

「ここんところずっと部屋に引き籠もって陰気な顔をしていただろ？　豆子《まめこ》たちが心配していたぞ？」

そう改めて言われ、ありすはお玉さんと接している内に、ずいぶんと気が晴れているこ

とに気づく。そのことに戸惑っていると、

「元気が戻ったようだから教えてやるよ」

お玉さんの瞳が輝いて、頭上からなにか振ってくる。

「いったいなによ？」

ありすの頭にパサリと着地したそれは、雑誌のようだった。それも、思わず目をそらしてしまうほどにいかがわしい表紙の。

「なにこれ破廉恥ね」

「水無蔵《みなぞう》が拾ってきて見せてくれた。お前のことが載ってるぞ？」

「……はい？」

明治の頃から婦人雑誌は多く創刊され、人気を得ていた。そこに掲載される記事は多種多様だった。

ありすが興味のあるところでは、女優や華族の奥方、芸者など美しい女性の日常を記したもの、暮らしの知恵となる家計簿のつけ方、西洋料理の紹介。

きわどい記事だと、凄惨な事件や、怪奇話、花柳病について取り上げられることもある。

あまりに過激な内容になると、政府から注意を受けたり、最悪、発禁処分となる。

この雑誌はそういう過激な雰囲気を感じさせるもの——ゴシップ記事の専門誌のようだ

った。

そんな雑誌に、わたしのことが載っているってどういうこと!?

ありすは恐る恐る、少し湿った頁《ページ》をめくる。くらりと眩暈《めまい》がした。

ばけもの姫、婚姻六日目の破局

「ば、ばけもの姫……」

慌てて紙面に目を走らせる。悪い夢よ、と否定したかったが、そこに書かれていたのはお披露目会での出来事だった。

記事はこのように締めくくられている。

『ワルツを踊っているまさにそのとき、K氏はおぞましい話を彼女に聞かされたという。その内容はあまりにもひどいもので口外できないと断られたが、K氏は結婚するまで彼女の正体を見抜けなかったと、哀《かな》しげに弊社記者に打ち明けてくれた。あれはばけものだ。もし知っていればこんな結婚しなかったと嘆く姿に、同情を禁じ得ない』

そこに、ありすの名は掲載されていなかった。しかしあの場にいた者が読めば、すぐに誰のことか知れよう。

「で、どうよ？　これでもまだ結婚生活を続けたいというのかい？」

ありすは言葉が出なかった。お玉さんは、さらに追い打ちをかけてくる。

「この雑誌は女中が見つけて、雪子に見せたそうだ。雪子は悲鳴をあげて倒れたんだと」

「そんな！」

女中は慌てて雑誌を捨て、それを水無蔵が拾ってきたのだという。

ありすは顔面蒼白《そうはく》となった。

「み、水無蔵に話を聞きたいわ」

「あいつなら、今日はいい雨だからと散歩にいっちまったよ。河童《かっぱ》だからなぁ。こういう日じゃないと、なかなか出歩けないのさ」

水無蔵は黄桜邸の池に住まう河童だ。

晴れた日は、じめりとした暗がりを求めて潜み、女中の噂話《うわさばなし》を聞いている。そうして人間のゴシップを楽しむ世俗的な河童となってしまったのだが、この際それはどうでもよかった。

「ああ。お母様になんといったら……！」

父は母を取りなしているらしいが、なかなか機嫌が戻らないと昨日謝られたところである。それでも旦那様と仲直りできれば解決するはず、とありすは自分に言い聞かせていた

のだけれど、

「もう……駄目ね。わたし、断髪するしかないわ」

「お、モダンガールを目指すのか？」

「そういうんじゃないのだけど」

女性は失恋をしたときに髪を切る。

女の髪は念が籠もりやすいため、悪い未練を断ち切る意味があるのだ。出家を決めた女性が髪を下ろすのは昔からある風習である。

「復縁は絶望的だわ。再婚だってこんな記事がでたら、不可能。これから惨めに歳《とし》を重ねていくくらいなら、もういっそ尼になって世俗から切り離されたほうがよい気がするの」

「おいおい……」

自暴自棄となったありすに、お玉さんは呆《あき》れている。しかしありすは、本気でそう思って、鋏《はさみ》を探そうと立ち上がる。

書庫の扉が荒々しく叩《たた》かれたのは、まさにそのときだった。なにごと？　と目を瞠《みは》りながらも、聞き慣れた声に扉を開ける。

「橘さん、どうしたの？」

黄桜家の家令は橘といって、毅子が当主になる前からこの家に仕えてくれている。

とうに齢《よわい》六十を越えているはずだが、すらりとした体型で、いつもぴんと背筋を伸ばしている。少し口うるさいものの、ありすを見る目は優しく、何事にも冷静な対応ができるため、ありすが父よりも頼りにしている存在だった。

その橘が珍しく、深い皺《しわ》の刻まれた顔にあせりを浮かべているので不思議に思っていると、

「お嬢様、お客様がお見えになっています。お通ししてもよろしいでしょうか？」

「はい？」

「空泉家のご当主様が、お会いしたいそうなのです」

「空泉……」

ふいに、寂しげな天使の微笑《ほほえ》みが思い出される。ありすの心臓は早鐘のように鳴り始めるのだった。

◇◇◇

特別な訪問者のみ通される客間に、その姿はあった。彼は窓辺で、霧雨《きりさめ》に煙る庭を静かに眺めている。

「お待たせしてしまい、申し訳ございません」

ありすが深々と頭を下げると、彼はゆっくりと振り返った。

ひやりと冷たい瞳と、金色の御髪。

その身に纏《まと》う、三《み》つ揃《ぞろ》えのスーツは紫がかった艶のある生地で、袖口のカフスボタンは青玉《サファイヤ》だろう、彼の瞳の色とよく似ている。銀のタイピンは地味だが、精緻な彫刻が刻まれ上品だった。

まさかあのときの天使様が、空泉家のご当主様だったなんて。

あの夜に出会った彼は、少年のように寂しげで儚《はかな》げで、放っておけない風情があった。

しかし今、目の前に立つ男性は、橘がこの部屋に通すだけの風格がある。

それも当然だ。

空泉伯爵家は他の華族と違い、商才に長《た》けていると聞く。アンティーク家具の輸入で財を成した家であるが、この不況の中にあってもさらに商売を広げ、その勢いを増していた。

そんな立派な方が、一体なんのご用なのだろう。

不思議に思うけれど、純粋に、またお会いできたのは嬉《うれ》しかった。あの夜のことを改めてお礼が言いたいと思っていたのだ。しかし今は、なにか粗相があってはいけない、と橘が後ろで見張っている。

ありすは令嬢らしく、慎《つつ》ましく申し出る。

「お客様を立たせてはおけません。どうぞおかけになってください」

「……突然の訪問にもかかわらず、お心遣い、痛み入ります」

彼は直立不動のありすに向かって、ふわりと笑った。

その途端、冬の湖面のような瞳があまやかに緩む。天使のような西洋的な美貌には、こちらを気遣う優しい表情が浮かんでおり、どうしてそんな顔でわたしを見つめるのだろう、とありすはどぎまぎしてしまう。

「ありす様は、体調など崩されてませんでしょうか？」

「え、ええ。見ての通り、いたって元気です」

ありすがつっかえながら返すと、天使様は脇に抱えていた包みを持ち直し、穏やかな瞳を橘に向けた。

「ありす様には、先日たいへんお世話になりました。そのお礼というわけではないのですが、こちらを受け取っていただけませんか？」

「お嬢様、そうなのですか？」

橘が意外そうな顔になる。ありすも恐縮してしまった。

「お世話なんて……」

大したことをした記憶はなかった。むしろ助けてもらったくらいなのだが、彼がそう口にしたことで橘の緊張がとけるのを感じた。

丸卓子の上に、彼は包みを置く。自ら、その結び目を解いた。

「お嫌いじゃなければいいのですが」

白磁の重箱が露《あら》わとなる。

それは二段構造となっており、下部分には引き出しがついていた。蓋を開けると、ふわーっと白いモヤが立ちのぼった。

どうやら下段には氷が入っていて、なにか冷やしてもってきたらしい。好奇心に負けて覗《のぞ》き込むと、そこには色とりどりの花の形をした氷菓子が。

「まあ、アイスクリーム！　それも、こんなにたくさん!!」

アイスクリンと呼ばれる高級氷菓子が登場したのは、明治初期のことである。

はじめは贅沢《ぜいたく》品のため上流階級のみが楽しんでいたが、製氷技術の発展とともにアイスクリームと名を変えて、一般家庭にも普及するようになった。

ありすは銀座《ぎんざ》にある資生堂《しせいどう》のアイスクリームが大好きだった。思わず、目をきらきらさせていると、橘は険しい顔で、

「……お嬢様」

はしたない、と言いたいのだろう。ありすはそれに気づいたのだけれど、目を輝かせたまま、にっこり笑う。

「橘さん、せっかくだから、こちらをいただきたいわ。こんなお花の形をしたアイスクリームなんてはじめてだもの。ね、用意してくれないかしら?」

橘は一瞬物言いたげな目をした。しかし部屋の隅にちらりと目を走らせてから、かしこまりました、と引き下がる。

なにかしら?

ありすは気になって、橘が確認したほうを見やると、灰色の毛玉が。

いつの間に! 一緒についてきていたのね。

橘はお玉さんの正体を知る使用人である。

それで自分が離れても問題ないと判断したようだが、ありすからすれば、気まぐれなあやかしがどれだけ頼りになるかは甚《はなは》だ疑問であったし、自分よりもお玉さんのほうが信頼されているというのは一体どういうことだろう、と思ってしまう。

……まあ、いいわ。お玉さんならうるさいことは言わないでしょう。これで自由に話せる。

橘が退室すると、ありすは早速、彼に向かって深々と頭を下げた。

「先日は自動車で送ってくださって、本当に助かりました。あのとき助けてもらえなかったら、どうなっていたことか。その上、こんな素敵な贈り物まで。とても嬉しいです。ありがとうございます」

「いえ」

彼は面映ゆそうに瞳を伏せた。金色の長い睫《まつげ》に視線が吸い寄せられて、綺麗《きれい》だな、と改めて思う。

「そう言っていただけるのは嬉しいのですが、こんなものではとても感謝を表すことはできないのです」

「感謝だなんてそんな。わたしは大したことはしておりません。そんなに気にされなくても」

「いいえ、ありす様はそれだけのことをしたのですよ。理解できないかと思いますが……いつかお話しできれば、いいと感じております。難しい、のですが……」

ひどくたどたどしく、彼は言った。

ありすにはその意味がまったくわからなかったが、なにか切実なものを感じ取る。丁寧な言葉遣いで、慎重に返した。

「わたくしでお役に立てたのであれば、とても嬉しいです。でもあまり気になさらないでくださいね。気にしすぎると、空泉様が気の毒です」

「気の毒、ですか？」

「ええ」

男はとても不思議なものを見るように、ありすを見つめた。それは——長い刻《じかん》だった。

どれくらい、そうしていただろう。

こんなに長い間、男の人に見つめられたら、不躾《ぶしつけ》と顔をしかめるか、恥ずかしさに面を伏せるものだが、ありすも目を離すことができなかったのである。

「あのとき……」

形のいい唇が、言の葉を紡ぐ。

それは囁《ささや》くように小さな、しかしとても心地のよい声で。ありすは静かに耳を澄ませた。

「私は、あのとき、あなたに出会えたことを運命だと思いました」

「……え」

我に返った、ありすの頬に朱が昇る。本当に大袈裟《おおげさ》だと、勘違いさせるようなことを言わないよう窘《たしな》めようとした。が、

「ありす様、私と結婚してくださいませんか？」

嘘《うそ》偽りのない、真摯な瞳が希《こいねが》う。

雨はいつの間にかあがり、夕日が射《さ》し込んでいた。あの夜よりも優しく金色の髪は輝いている。

◇◇◇

器の手入れは重要だ。

きちんと収まっていれば浄化できるが、半日あけると腐敗臭がしてくる。一日放っておけば雑魚が入り込み、次に纏ったとき、しばし気持ちの悪い想《おも》いをすることに。

異国から訪れ天に召された灰色猫の器は、お玉さんにとって、人でいう着物のようなものだった。

着物などいくらでも替えられるが、とびきり気に入っている一張羅である。

以前の持ち主は満たされて逝ったようで、着ていて気持ちがいいものだから、そうそう置いてくることはない。

「それを、あの小娘は」

お披露目会の夜、お玉さんが器を置いて帝国ホテルに出向いたのは、人の子の目に映らないようにするためである。どこぞの侯爵だかなんだか知らないが、灰色猫を不潔だと追い払おうとしたのである。

人とは甚だ、物事の本質を見落とす阿呆《あほう》な種族だ。

賢いお玉さんは阿呆になにを言っても無駄と悟っている。——悟っているのだが、それでも言わずにいられなかった。

「どうして！　どうして、あの小娘は、よろしくない男にばかり引っかかるのだっ」

黄桜家の使用人には度量が求められる。だいたいは鈍いか寛容かの二種類の人間に分かれ、それ以外の者は恐れ戦《おのの》き自ら職を辞してゆく。

猫が喋《しゃべ》っていたらまた人が減りそうなものだったが、幸いにも黄桜家の池の周辺に『人』は誰もいなかった。

「おひいさんは、免疫のないおぼこ。見目のいい男に、コロリと騙《だま》されても仕方あるまい？」

いささかしゃがれた、青年の声は池の中から聞こえてきた。

ずぶ濡《ぬ》れの書生が、白い顔で池に浮いている。年の頃は二十だろうか。ごくごく普通の外見の異常な状態のそれは、人が見れば悲鳴をあげそうな光景である。しかしお玉さんはふん、と鼻を鳴らすのみであった。

「なんだ水無蔵。お前も、あの男を見たのか？」

「遠目に、ちらりとな。女どもが目の色を変えるような、ひょろひょろの色男に見えたが、あれは、そんなにまずいのか？」

「ある意味、前のよりもタチが悪い」

「……あれよりも、か？」

先ほど散策から戻ってきた河童《かっぱ》の水無蔵は、細い目をさらに細くした。

水中でゆったり平和に微睡《まどろ》んでいたというのに、これはまた面倒な。水無蔵より遙《はる》かに眼力のある古馴染《ふるなじ》みが言うのなら、その通りなのだろうが――今の話は聞かなかったことにしようと決める。

「お玉よ、あとは任せる。わしは寝る」

「ありすは鬼子母神《きしぼじん》と恐れられた、毅子の孫なのだぞ。それなのに、なぜあんなポヤポヤしておる！　頬など染めおって。琴子のほうがまだ人を見る目があるぞ‼」

「任せると言うとろうがっ」

そんなものお構いなしに吠《ほ》える猫を、水無蔵は歯を剝《む》いて怒鳴り返す。深々とため息をついて、意味深に、ちらりと見やる。

「また、前のように化けの皮を剝げばよかろう」

「……なんのことだ？」

「しらばっくれるな。おひいさんから話を聞いた。あらかた想像はついた。誰にも言わんがな」

「…………」

そこに責めるような響きはなかったが、お玉さんは思わず顔を背けた。

『すごく不思議なのだけど、わたしはその幽霊たちに、はじめまったく気づけなくて、でも、急に視《み》えるようになったの。こんなこと今までなかったわ』

ありすにそう言われたとき、内心、お玉さんは冷や汗を搔《か》いていた。

あのときは結婚に浮かれて目が曇っていたのだと言い切ったが、それは半分真実で、半分は偽りであったから。

お玉さんがありすにも視えるよう、幽鬼たちに力を貸したのだ。

それを可能としたのは、黄桜家の宝具『真実の鏡』の力によるものである。

ありすたちに失われたと思われているそれは、お玉さんの腹の中にあった。他者の手に渡らぬよう、先代当主、毅子が、お玉さんに隠し持たせているのである。

そのことは、毅子とお玉さんだけの秘密だった。

まったく毅子の奴め！　本当に厄介な契約を残していったものだ。

平安の世から生きるお玉さんには、他のあやかし風情にはできないことができる。その一方で、だからこそ決してできないこともあった。

それが黄桜家当主との契約を違《たが》えることである。

毅子は滅多に命じることはなかったけれど、お玉さんの真実の名を口にし、三つ契約を結ばせた。

ひとつ、真実の鏡を隠し通すこと。

ひとつ、善き者を傷つけないこと。

そして最後に、ありすを守れ、と。

忌々しく思うものの、それらは守らざるを得なかった。

「ああ、まったく！　あの阿呆がっ。ほんとうに、ほんとうに厄介な男に気に入られおって」

「そんなに厄介なのか？」

「視えないお前が羨ましい……」

真実の鏡が体内にあるせいで、お玉さんは視ようとせずとも、普通のあやかしに視えにくいものさえも視えてしまう。

ひそめた声で言った。

「あれはな、『鬼』だぞ？」

水無蔵は目を丸くした。

「人に見えたが？」

「人であり、鬼なのだ」

だから厄介なのだ、と唸《うな》る。

真実の鏡は、その者の本質、その力を明らかにする宝具である。しかし、もしあの者にそれを使ったらどうなるのか？

悪《あ》しき者であれば話は単純だ。滅すればいい。

だがもし万が一、善き者であった場合は？

お玉さんは善き者を傷つけない、という契約に縛られている。同時に、ありすも守らなければならない。

「ふんっ、なにがあって、あんな気持ちの悪いことになっているのかなど知りたくもないっ。知ったところでどうしようもない。だが、あの阿呆は、阿呆は、同情しかねん。まったく厄介なことに!!」

毛を逆立てて、苛立《いらだ》ちのまま叫ぶ。

そこに、きゃはは、と童女が甲高く笑う声が響いた。

「まあ、お玉さんったらそんなに怒ってどうしたの？　お腹《なか》がすいてるの？　豆子の新作食べてみない？」

虚空から火の玉とともに現れたのは、齢《よわい》十のおかっぱ髪の少女である。その隣には、少女と面差しのよく似た、同じ年頃の少年が立っている。

豆吉《まめきち》と豆子。

一見すると可愛《かわい》らしい双子の兄妹《きょうだい》だが、もちろん彼らも人ではなかった。その正体は、黄桜家の台所に古くから住まう小豆洗いである。

性格は兄の豆吉が保守的で、妹の豆子は革新的。さらに豆子は暴走する嫌いがあり、このときも袖を引っ張って制止する兄を振り切って、欲望のまま発言した。

「今日はねっ、私のかわいいかわいい小豆たちを流行最先端の『らいすかれー』というもので煮たのよ？　ねえ、お玉さんっ。自慢の一品をご賞味あれ！」

無邪気に、彼女が小さな手の平を上に向けると、どろりとした炭のような塊がのった皿が出現する。嗅覚の優れた猫の器にあるお玉さんは、眦《まなじり》を吊《つ》り上げた。

「な、なんてひどい臭いだ！　さっさと、そのゲテモノをしまえっ」

「えええぇ」

「ダメだよ、豆子。あとでおにいちゃんが味見をするから、しまいなさい」

唇を尖《とが》らせる豆子にかわり、豆吉が料理をこの場から消す。申し訳ありません、とお玉さんに向かってぺこぺこ頭を下げた。

「これはいい！　妙案が浮かんだぞ」

そんな彼らのやりとりを見ていた水無蔵は、ふいに、かかか、と笑い出した。

「お玉よ、あまり深く思い詰めるな。話は存外、簡単やもしれぬ」

「なんだ一体」

「ゲテモノ料理も使いようということだ。もし次にあの男が訪問してきたら、豆子に接待させてみたらどうだ？　鬼であるが、人でもあるのだろう？　それも見たところ、ひょろひょろの色男だ。すぐに逃げ帰る」

「ふむ。……そうさな」

自信満々に言われると不思議なもので、お玉さんもそんな気がしてきた。

たしかにそうである。

ありすへの求婚を目撃してしまったせいで気が動転していたが、普通の人間がありすについていけるわけがないのだ。

人は闇を恐れる臆病者だ。

闇を恐れるからこそ、ありすのような者は人に傷つけられてきた。

母の雪子がその筆頭で、そのせいでありすは人の温《ぬく》もりを求めるあまり、可哀相《かわいそう》な人を切り捨てることができない。――ならばそれを逆手に取ればいい。

あの男から立ち去るように仕向ければよいのだ。

「あやつはまた傷つくのか。出家すると言い出すやも知れぬが、まあ、男を見る目がないのがそもそも問題なのだ。泣いてもらおう」

外道な発言であるが、お玉さんはありすの身を案じている。お玉さんからすればあの男といっしょになるくらいなら、独り身のほうがよかろうと本気で思っている。

「さて、ひとつ懲らしめてやるか」

「ああ、そうだな。おひいさんは、あとでわしらが慰めればいい。男などいくらでもいる。まずは、守らなければ」

邪気なく水無蔵は笑う。それにつられてよくわかっていない豆子と豆吉も笑い出す。

「ええ、なになに。なにか楽しいことをするの？　豆子もいれてよ！」

「僕も、お願いします。できることはやりますので」

あやかしは楽観的で楽しいことが大好きだ。面白そうなら、とりあえず勢いで乗っかる。

それがどんなに人にとってはた迷惑であるかなど、彼らは考えもしない。

お玉さんもまた、にんまりとあやかしらしい笑みを浮かべる。

「では、作戦会議といこう」

◇◇◇

また、小雨《こさめ》が降り出していた。

老家令が蛇腹傘を差しかけようと駆け寄ってきたが、一臣はやんわりと断った。

白壁の洋館を振り返る。瀟洒《しょうしゃ》な硝子《ガラス》窓に人影は見つけられなかった。

ありす様はどうお思いになっただろう？

彼女の気持ちも考えず、求婚してしまった。霧島との破婚で傷心の最中にあると知っていたというのに――気持ちが止められなかった。

一臣の脳裏に、頬を濡《ぬ》らした少女が蘇《よみがえ》る。

あの夜、霧島家に招待されてお披露目会へと赴いたが、人気に当てられて気分を悪くしてしまった。人目のないところで休んでいたら、いつの間にかうたた寝をしてしまい、またあの悪夢を見た。

己のどうしようもなさを思い知らされ、暗い底へ底へと沈んでいく夢。

そこから救い出したのは、ふいに与えられた温もりだった。

――あなたは、だれ？

小さな熱を追いかけるようにして目覚め、出会った。彼女と。

その様相からすぐに、なにか哀《かな》しいことがあったのは察せられた。しかし同情よりも先に一臣の心を魅了したのは、その状況にあって揺らぐことのない凛《りん》とした瞳だった。

あの瞳に出会った瞬間、一臣は打ち震えたのである。

今までどんなに逃れようとしても振り切れなかった悪夢の残滓《ざんし》が、霧散していた。それはまるで、心の内を涼風が吹き抜けるようだった。

ありす様は、僕にとって必要なひと。

そう確信したが、もう会うことはできないと、自分にその資格はないと、すぐに諦めた。

それなのに彼女のことが気になって、涙の理由を調べてしまった。彼女は想像以上に酷《ひど》い目にあっており、霧島家との取引は今後しないことを決めた。

そして、どうすれば影ながら彼女を守れるかを考えていた。

そんな矢先、知人の記者があの夜の顚末《てんまつ》が記事になることを知らせてきたのである。それで居ても立ってもいられなくなった。

突然の訪問に、きっと彼女は驚いたことだろう。軽んじられた、と不快に感じられてもおかしくはない。それなのに——彼女はあの夜と同じようにあたたかく、優しかった。

そのぬくもりは、離れても胸の奥に残っている。

一臣は微笑《ほほえ》みを浮かべて、無人の自動車に乗り込んだ。

運転手は雇っていなかった。空泉家の当主としてつけるように言われているが、この西洋的な風貌は奇異な目を向けられることが多く、そんな気にはなれなかった。

一臣はひとり、彼女との会話を反芻《はんすう》する。

幸福な時間は長くは続かなかった。

ふいに頭が割れんばかりに響き渡る咆哮《ほうこう》。

一臣にしか聞こえないそれは、紛《まご》うことなく、死んだ父の声だった。

第二章　アンティーク伯爵の求婚

「おひいさま、食べないのですか？」

間近から声をかけられて、ありすは我に返った。

硝子の器の中で、薄紅色のアイスクリームがとけていく。とけていく。

「あ……」

「今日もぼんやりしていますね？」

ありすの顔を心配そうにのぞき込んでくるのは、くりくり坊主の豆吉《まめきち》である。その向かいでは、おかっぱ髪の豆子《まめこ》が椅子に座って、ありすと同じようにアイスクリームを食べている。

「うわぁ。今日のあいしゅくりーむには、桃の果肉が入ってるぅぅ。桃の季節は今じゃないのに。どうやったのかしら？」

瓜二《うりふた》つの双子の兄妹は、いたって無邪気な普通の子供のように見える。

しかしその正体は『小豆洗い』と呼ばれるあやかしだった。

二百年前から黄桜《きざくら》家の古い水場で小豆を洗うことを生き甲斐《いがい》としている彼らであったが、それだけに飽き足らず、いつの間にか台所で小豆料理をこさえるようになった。

特に豆子は、小豆の新しい可能性を切り拓《ひら》くことに熱心だ。

今も緋色《ひいろ》の着物から伸びる華奢《きゃしゃ》な足をばたつかせながら、アイスクリームから料理の発想を得られないか真剣に考えている様子である。

——最近は、そんな光景がよく見られていた。

一臣《かずおみ》が黄桜家を訪問して早一ヶ月。その間、彼は三日に上げず、ありすにアイスクリームや西洋の珍しい花を、手紙を添えて送ってくれている。

豆子たちは贈り物が目当てなのだろう。ここのところ、ありすにベッタリである。今日は何が届いたのか、日に何度も聞きに来ては、それが美味《おい》しいものや、珍しいものとなると、豆子は味見をさせろと言って聞かなかった。

そのことに対して、橘《たちばな》はいい顔をしていない。しかしありすは、彼らの求めるままにそれらを与えている。

とてもひとりでは食べきれない量をいただいているからである。

女中に下げ渡すにしても、松也《まつや》から離縁されたばかりの身の上だ。別の男性からたびたび高級品を贈られていることを知られるのは躊躇《ためら》われて、そんな状況になっていた。

それにしても、あれは本当にあったことだったのかしら？

あの日、求婚をされてしまった。

まだ、二度しか会っていないというのに突然。それはあまりにもあり得ないことで、ありすは現実として本当にあったこととは思えないでいた。

きっと、なにかの勘違い。聞き間違いよね？　だって、あんな立派な方が、そんな物語みたいなことをするわけないもの。……ばけもの姫なんて呼ばれる、わたしなんかに。

そうやって白昼夢だと受け流すのだが、彼から手紙が届くと、ありすの胸は高鳴った。

そして、すぐにお礼の手紙を送ってしまう。

だって、文面から、あたたかな心が見えるような気がするのだもの。

三日前に届いた、繊細な薄紙を見下ろす。そこには、ありすの体調を気遣う言葉が綴《つづ》られている。いつもそうだった。

はじめに会ったとき、わたしが泣いていたから心配されているのかしら？　……それとも、やっぱり、わたしが破婚されたことをご存じなのかしら。

なんとなくそんな気がしていた。彼の訪問は、あの記事が出てすぐのことだった。慌ててやってきたのかもしれない。

もし本当に、ばけもの姫と中傷されたことを知っているのだとしたら、たいへん恥ずかしい。そして、そんなありすの心情を慮《おもんぱか》って触れないでいてくれるのだとしたら――彼は、本当に優しい人なのかもしれない。

「だめだめ、ほだされちゃ！」

「……おひいさま？」

きょろん、と豆子に見つめられて、ありすは苦笑する。

橘はあやかし相手でも冷静に対応する度量を持つが、それはそれとして、豆子のことが苦手らしい。

暴走しがちの彼女は、ときどき大いにやらかすため、女中の目につきやすい真っ昼間、洋館に入り浸ることもよしとしていない。

その気持ちは充分理解している。

にもかかわらず、ありすが彼らの自由を許してしまうのは、小動物のような存在に甘いからである。

頼られると、ついつい力を貸したくなってしまう。とても突き放せない。

彼もまたそうだった。

一臣は自分よりもずっと大きくて、立派な男性のはずなのに、表情や雰囲気が仔犬《こいぬ》のように思えて、放っておけない気持ちになる。松也に破婚されて充分懲りたというのに、彼の言葉に揺れてしまう。

「どうしてあんな返信をしてしまったのかしら……」

ありすは、また一臣からの手紙に目を落とす。

丁寧で美しい文字、心があたたかくなる文面。彼の手紙は、いつも思いやりに溢《あふ》れている。けれど今回、彼ははじめて自分の願いを述べた。

とても、とても控えめに。

また、お目にかかりたいです。

嬉《うれ》しくなって、すぐに訪問を許してしまったことを、ありすは今後悔している。そして、楽しみにしている自分を恥じている。松也に破婚されて日も浅いというのに。

「お礼を、言いたかっただけよ」

言い訳するように呟《つぶや》いて、柱時計に視線をやった。そろそろ約束の時間だった。

「どうしよう……」

そわそわするのは、自分がどうしたらいいのかわからないからだ。会いたいのか、会いたくないのか。会ってどうしたいというのか。

ありすが己の心を持て余していると、扉を叩《たた》く硬質な音が響いた。

「お嬢様、お見えになりました」

「え、ええ」

ありすは思わず立ち上がった。

橘はじろり、と豆子と豆吉を睨《にら》む。勘のいい豆吉は、妹の手を引いた。

「行くよ、豆子」

「ええぇ、まだ食べてるのにぃぃ」

「いいから。またね、おひいさま。……その、ごめんなさい」

「……え？」

なぜ謝られたか尋ねる間もなく、彼らはその場から消えていった。

◇◇◇

洋館の中庭に、木漏れ日が差し込んでいた。

西洋風の白い丸卓には、有田焼《ありたやき》の陶磁器。

セイロン産の紅茶が注がれる。レースのクロスの上には、今日のためにと橘が用意した水菓子が配置されていた。

「なにかございましたら、お呼びください」

お茶の準備を終えると、橘はすぐにその場を後にした。

朝からありすを心配そうな顔で見つめていたが、一臣のことはどうやら信頼しているらしい。しかしありすは心の中で、『待って。ふたりきりにしないで』と思っていた。

「お時間をとっていただき、ありがとうございます。またお目にかかれて、とても嬉しいです」

堅苦しい言いようで挨拶をした彼は、しかし、次の瞬間、蕩《とろ》けるような微笑みを向けてくる。

長かった梅雨があけ、風の気持ちがいい昼下がり。優しい陽の光が、金色の髪を輝かせている。冷たげな青い瞳が和らぐと、本当に天使のようだった。

神々しさに目を背けてしまったありすは、おずおずと返答する。

ま、眩《まぶ》しいわ。

「こ、こちらこそ、お越しいただけて嬉しいです。その、とても、素敵な贈り物ばかりいただいて。わたしにはもったいないお品ばかりで。お心遣いに感謝しております」

「喜んでいただけましたか！」

弾んだ声に誘われて、上目遣いで彼をうかがう。

なんてお顔をされるのかしら?

空泉《そらいずみ》家の当主といえば、アンティーク伯爵の異名で知られる大人物のはずである。

その呼称は、格式はあるものの没落していく華族と、事業に成功してのし上がる成金《なりきん》が増えている大正の世にあって、特異な存在であるからこそ敬意をこめてつけられた。

元来、美を愛する一族ではあるのだろう。

空泉家はいち早く西洋のアンティーク家具に目をつけ、買い付けから販売まで担い、成功した。才能ある芸術家を支援し、日本の美術品はもちろん海外の芸術品をも収集しているという話で、最近も百貨店主催の企画展に収蔵品を公開している。

本来であれば、ありすのような若い娘がお目にかかれるような相手ではないのだ。決して。

それなのに、彼からは嬉しいという素直な感情が伝わってくる。尻尾をぶんぶんと振る仔犬のような瞳に、ありすも笑みをこぼしていた。

「はい。とても気に入りました、珍しいお品ばかりで。本当に嬉しく思っております」

「では、こちらも喜んでいただけたら嬉しいな。取り寄せていたものが、ようやく手に入ったんです。早くお見せしたくて」

彼はそう言うと、紫紺の包みをといた。

「これって」

現れたのは、装飾の美しい本である。しかしありすが驚いたのはそれが理由ではない。

「やはり、ご存じですね」

「……ええ。祖母はそちらから、わたしの名をつけたと聞いております」

『Alice's Adventures in Wonderland』

ありすの名は、祖母が若い頃に出会った本から取られた。

明治後期より我が国でも邦訳され、世界的に有名な本である。しかしありすの名の由来を知るものは稀《まれ》だった。

それは、この国に出回っている邦訳本の主人公の名前が、原作通りではなく、親しみやすい日本女性の名前に変更されているからである。

「お名前をうかがったとき、もしや、と思いました。ルイス・キャロルのアリスは好奇心が強く、自由な少女です。お祖母様は、ありす様にそのように生きて欲しいと願われたのでしょうね」

「そうかも、しれませんが……」

「どうかされましたか？」

「いえ、なんでも」

一臣は心配そうな顔となり、いささか強い口調で言った。

「なんでも、というようには見えません」

ありすにとって名は劣等感であり、お客様に心の奥底を話すべきではない。

そう、ありすは己を律した。

しかし彼の真摯な瞳を見ていると、不思議と心が開いていった。

「その、わたしはもっと慎《つつ》ましく、『普通に』生きるつもりでいるのです。祖母は外国語を話すほどに頭がいいのですが、わたしはそうではありませんから。人様に喜ばれるような、特別な才能もないのに自由に生きようとすれば、可愛《かわい》げがないと嫌われてしまいます」

あやかしが視《み》えるというのは特別かもしれないが、普通ではないと奇異な目で見られるだけである。母にも普通ではないと常々言われている。

ありすもその通りだと思うからこそ、あやかしが視えない姉のようになりたいと頑張っていたというのに——結局、ばけもの姫と中傷される始末。

言葉にしたら、本当に情けないことだわ。

気持ちがどんどん暗い思考に沈んでいく。そこに、

「そんなことはありません」

強く否定する声が聞こえた。

ありすは驚いて、顔を上げる。

「可愛げがないなんてとんでもありません！　ありす様は、僕にとって救いなのです。こんな、僕なんかに優しくて……」

「空泉様？」

なぜだろう、一臣は必死な目をしていた。もどかしそうな様子でありすをひたりと見つめ、再び言葉を発しようとしたときだった。

「はじめましてこんにちは。豆子だよっ」

「え」

突然、割り込んできた声に、ありすは固まった。

幻聴と思いたかった。しかしいつの間にか、中庭に豆子の姿があるではないか。その後ろでは、豆吉が気まずそうな顔で立っている。

「……ありす様、あの子たちは」

「えーと」

ありすは冷や汗を流しながら言葉を選んでいると、豆子が胸を張って一臣に言った。

「わたしは豆子で、こっちはわたしのお兄ちゃんの豆吉。ふたりとも、おひいさまの家族だよ！」

「家族……」

どこか遠くを見るような目で、一臣は呟いた。ぼんやりとした声だった。

そのことをありすが不思議に思っていると、とてとて、とやってきた女童は、一臣の両手をきゅっと握りしめる。

「あのね？　豆子、お礼を言いたかったの。あいしゅくりーむ、とっても美味《おい》しかった！

これは豆子からの贈り物」

豆子は後ろを振り返ると、豆吉から蓋付きの皿を受け取って、卓に置いた。

ありすは嫌な予感に顔を引きつらせる。

まずい。あの蓋を開けさせたらいけないっ。

小豆の可能性を切り拓《ひら》こうとする豆子の料理は、とても独特なのである。はっきり言ってゲテモノだ。ありすは皿を隠すように回り込んで、戸惑った顔の一臣に話しかける。

「ええ、そうなんです。この子たちは、その、うちでお預かりしている子たちで。家族みたいなものなのですが、……豆子、お客様に失礼よ。下がっていなさい」

注意したところで、豆子が素直に聞く性格とは思っていない。ありすは豆吉に合図を送って、妹を連れ帰るようにうながす。しかし、彼はふい、と横を向いてしまう。

嘘《うそ》でしょ？　豆吉、どうして……！

呆然《ぼうぜん》としていると、一臣が前に進み出た。

「ありす様、お気になさらず。豆子さん、アイスクリームを美味しく食べてくれて嬉《うれ》しいです。私は空泉一臣、といいます。今日はお邪魔しております」

「はい！」

一臣に優しげな微笑《ほほえ》みを向けられ、豆子は一気に舞い上がった。

「これ、これっ！　豆子の自信作ですっ」

そう叫んだ彼女の手の中には、お皿がある。ありすが慌てて確認すると、卓の上の皿がなくなっていた。あろうことか、豆子はあやかしの術を使ったのだ。

まーめーこー！

ありすは心の中で絶叫したが、その声はもちろん豆子には届かない。豆子は得意げに胸を張って、お皿の中身を披露した。

「これは……」

一臣は皿の移動に気づかなかったらしいが、その料理を見て、さすがに眉を寄せた。さ、最悪だわ。

甘いような、酸っぱいような香りが広がっていく。小さな椀《わん》の中の液体は紫色で、とても食べ物とは思えない。得体が、知れなかった。

「これは……見たことがない料理ですね」

「豆子が、はじめて作りました。美味しいよ！」

「空泉様、子供が作った料理です。相手にしないでくださいっ」

ありすはすっかり青ざめていたが、彼は豆子から匙《さじ》を受け取った。躊躇《ためら》いなく、『それ』を口にする。

「大丈夫ですよ？」

そして優しく目を細めて、豆子の頭を撫《な》でた。

「少し独特な味ですが、美味しいです。私のために作ってきてくれて、ありがとうございます」

「本当？　やったー！」

豆子の料理が美味しいはずがないのに。

ありすは呆気《あっけ》にとられて、豆吉に視線を送る。彼も驚いた顔で、首を振った。

一臣は寂しそうに目を細めた。

「ありす様の周りは、あたたかいですね。いい家族に恵まれて羨ましいです」

彼は何でも持っている紳士だというのに羨ましいと言う。

それが妙に気になって、ありすは首を傾《かし》げるのだった。

◇◇◇

豆子は料理を披露すると満足したらしく、すぐにその場からいなくなった。

彼女の興味は、小豆と料理、あと少しのことにしか向けられない。人騒がせなものだと思ったが、あやかしとは元来そういうものである。

気まぐれなのだ、その後の天気のように。

急に雲行きが悪くなったのは、豆子たちが立ち去ってしばらくしてのことだった。一臣と落ち着いて話し始めた矢先、雨がぽつりぽつりと降ってきたのである。

慌てて中庭から移動すると、どしゃぶりだ。今日は一日、晴れると聞いていたのに。

「でも、楽しかった……」

冷静な橘がすぐに別室を用意してくれて、結局、夕方近くまで話していた。

異国の話、一臣が関わる事業の話。「仕事の話などつまらないでしょう」と彼は遠慮しがちだったが、どれもとても興味深かった。

しかしだからこそ、会話を重ねるほどに、自分たちの住む世界が違うことを思い知らされた。

それに今日は豆子の暴走や、急な天候の変化などがあった。彼は穏やかに対応してくれたけれど、きっと不快に感じたことだろう。

「本当に、いい人だったわ。でも、お忙しいでしょうし、もうお会いすることはないでしょうね」

「ああそうだ。あの男のことは忘れてしまえ」

言葉がふいに返されて、ありすは灰色猫の存在に気づいた。

「もう！　いるならもっと早く声をかけてよっ。……あら、少しお疲れ？」

ここ最近、お玉《たま》さんはあまり姿を見せなかった。それは破婚数日なのに、一臣のことで浮ついているありすに呆《あき》れているのだと思ったが、どうやら、忙しくしていたらしい。

自慢の毛並みが乱れていて、毛艶も少し悪かった。

「久方ぶりに大きな術を使って、少し疲れた……」

「なにをしたの？　悪さは、だめよ？」

なんのために、どんな術を使ったか、お玉さんは口にしなかった。

「ふん、お前の命令なぞは聞かん」

「命令って」

今日のお玉さんは不機嫌だ。瞳が金色に輝いて、あやかしの本性が漏れている。

「一体、誰のためにやったと思っているんだか。……まったく、雨降らしなんて疲れることをさせおって。水無蔵《みなぞう》は喜んでおったが」

後半の言葉は、幸いなことにありすの耳には届かなかった。まさかお玉さんたちが、ありすのことを案じ、一臣に嫌がらせめいたことをしていたなど想像もしていない。

少しぼんやりとしながら、ありすは相棒を見下ろした。

「命令なんてしないから、そばにいてちょうだい」

昼間が楽しかった分、寂しい気持ちが湧いていた。それを察したか、お玉さんはありすに寄り添った。

金色の瞳が、ひたりと向けられる。

「あの男はやめておけ。お前とは根本的に合わない」

「な、なに？　見ていたの？　わかってるわよ、住む世界が違うことくらい」

「住む世界などではない。あれは、危うい」

「……どういうこと？」

「お前が気にする必要のないことだ」

ふい、と視線をそらされて、ありすは眉を寄せた。

お玉さんにはお玉さんの考えがあるし、あやかしの価値観は人間のものとはまったく違う。まともに相手にしないほうがいいのだが、『危うい』という言葉はやけに耳に残った。

「ねえ、お玉さん！」

「もう会うことはないのだ。ありすよ、あの男のことは忘れろ」

頑《かたく》なな言葉に、お玉さんから詳しいことを聞き出すのを諦める。お玉さんが言うように、彼と会う機会などもうないのも確かだった。

しかし、状況は思わぬ方向に進んでいくこととなる。

妙に機嫌のいい父に、ありすが呼び出されたのは、それから七日後のことだった。

「いつまでも暗い顔をしていてはいけないよ」

破婚されたことを、母は黄桜家の恥だと怒っている。母とありすの間を取り持とうとしている父も困っているはずなのに、からりと笑って、ありすにその封筒を見せてきた。

それは、なにかの公演切符だった。

「気晴らしに、今夜どうだい？」

「……今夜？　急な話ね」

「忙しいかな」

「そうじゃないけど……」

むしろ屋敷《やしき》で鬱々と引き籠もっているので暇である。

公演はプッチーニのオペラだった。たいへんな人気で、本来なら切符を取るだけでも一苦労だったろうと思ったが、今は観劇という気分にはとてもなれなかった。

そう断ろうとしたありすに、父はにっこり笑って耳打ちした。

「部屋に閉じこもってばかりいたら、体を悪くしてしまう。――それにこれはな、空泉さんからいただいたものだぞ」

「え」

得意満面の父を見て、ありすは頰を赤らめた。

「空泉様とお話をされたの？　いつ、どこで！」

「まあ、橘から空泉家のご当主が訪問されたことは聞いていたんだ。それで、どういうことかと思ったら、丁寧なお詫《わ》びの手紙をいただいた」

そこには事前にお伝えせず、ご令嬢を訪問したこと。今後お手紙などを送りたい旨が記されていたという。

「君はいろいろあった後だし、どうしたものかと思ったんだが、彼がまた熱心じゃないか。それでちょっとお見かけしたときに、お声がけしたんだよ」

「い、一体どんな話を？」

「大したことは話してないさ。ほとんどは、空泉家が手がける事業の話かな。ああ、そうそう。劇団の援助をしている関係で、空泉さんもその公演の視察に行くということだ。切符が余っていると聞いたから、いただいておいた」

「まあ！」

父はちゃっかりしている。一臣にはいい迷惑だったのではないかと言おうとしたが、

「ありす、とびきりのお洒落《しゃれ》をしておいで。雪子《ゆきこ》さんには内緒だ」

父のさらなる大胆発言に、ありすは顔を引きつらせた。

「その、お母様に内緒というのは……」

「あの人はとても可愛《かわい》らしい人だからね。話したらいろいろなことを気にして混乱してしまう。内緒に決まっているじゃないか」

父は茶目っ気たっぷりに片目をつぶる。

「一度や二度の失敗、若い内はよくあることさ。ほら、最近よく聞くじゃないか？」

「……なにを？」

警戒するありすの前で、父はごほん、と咳払《せきばら》いをした。

「いーのちーみじーかしー　こいせよおとめー　あかき」

「…………」

高らかに歌われて、呆気にとられた。

あかき唇　褪《あ》せぬ間に
熱き血潮の　冷えぬ間に
明日《あす》の月日は　ないものを

浪々と続く歌声に、やがてありすは苦笑する。

「うん……」

そういえば、とふと思う。

父は借金をこさえるのが得意で、毅子《つよこ》と比べると頼りない。しかしこの父は当時、家の反対を押し切って大恋愛の末、あの侯爵家出身の美しい母を射止めたと聞く。

その強さは、一体どこから湧いてくるのだろう。

ありすは、姉のように、普通の幸せを得たかった。誰かに非難されることなく、慎《つつ》ましくも穏やかな生活を送りたかった。

幸運なことに素敵な旦那様と出会って、恋をした。そして結婚をし、これから望んだ生活を送れるものと思っていたのだけど——

果たして恋とは、旦那様としたようなものだったのかしら？

熱に浮かされたような瞳で、いのち短し恋せよ乙女と歌う父を前にし、ありすは言いようのない違和感を覚えるのだった。

◇◇◇

淡い黄色の地に、薔薇《ばら》模様の半衿《はんえり》が、ありすの一番のお気に入りだった。

それに明るい萌黄《もえぎ》色の銘仙をあわせる。名古屋帯や帯締めも、薔薇の意匠をあしらったものを選んだ。

帯締めの薔薇は淡い薄紅色の珊瑚《さんご》で、見ているだけでほっこりとする色合いである。

でも、わたしには少し可愛すぎるかしら？

心配しながら俥《くるま》止まりへと向かうと、先に待っていた父は、ありすを見るなり満足そうにうなずいた。

「流行のアールヌーヴォーを取り入れた装いは、女の子らしくてとてもいいね。──その髪も可愛いなぁ」

「ほんとうに？　婦人誌に載っていた、みみかくし？　というのを真似《まね》てみたのだけど……」

西洋から入ってきた、新しい髪型は、講習会や婦人誌などで紹介されて全国に広まっていく。

ありすが前々から気になっていたそれは、長い髪を鏝《こて》で巻いて両側に流し、後ろで結う。そのときあえて緩くまとめ、耳が見えないように髪で隠すから、耳隠しというらしい。

鏝がうまく使えなかったし、前髪も、長さが足りなくて流せなかったから、耳隠しに似た髪型という感じなのだけど。

不器用なりに頑張った娘を、晴信《はるのぶ》は目を細めて見つめた。

「綺麗《きれい》にまとまっているよ。とても可愛い」

「ありがとう」

優しく言われて、ありすは胸を撫《な》で下ろす。父はすぐそばに控える橘に声をかけた。

「いってくる。少し遅くなるかもしれないから」

「かしこまりました」

いつも厳しい老年の家令はどこか嬉《うれ》しそうで、その口ぶりは誇らしげだった。

ありすがそのことを不思議に思っていると、

「お嬢様、あの方はとてもよい方だと思います」

「……え？」

「橘、気が早い。ありす、いくよ」

気になったが、父にうながされて馬車に乗り込む。

馬車が動き出すと、ありすはほっと息をつく。先ほどまでずっと、出かける準備でわたしていたのだ。

父は一臣とずいぶん前に約束をしていたらしい。それだったら、もう少し早く知らせてくれればよかったのに、と思う。しかしもし知っていたら昨晩は緊張で眠れなかったかもしれず、文句は言えなかった。

馬車の硝子《ガラス》窓から、外の景色を眺める。

陽差《ひざ》しが心地よい。外出は久しぶりだった。

黄桜家は一応華族の端くれだが、明るい時間帯に限り、お付きをつけずとも、ひとりで出かけることを許されている。

それは母の雪子からするととんでもないことなのだが、毅子は女にも自由と自立を求める性格で、黄桜家とは元来そういう家風なのだ。

ありすもそれに倣って、女学校はほとんどひとりで通い、ときおり銀座界隈《ぎんざかいわい》を見て回ったものだった。

わたしの、そういうところがよくないのでしょうけど。

完璧な令嬢である琴子《ことこ》ならば、外の世界に興味を示さず家と女学校を往復し、令嬢としての嗜《たしな》みを身につけようと努力する。

ありすは好奇心を抑えきれない。つい動いてしまう。

慎ましく普通に生きたいと願っているのに、なにかに縛られるのがたまらなく嫌になることがある。それでは駄目だとわかっているというのに。

本当に、わたしは中途半端だわ……。

『自由に生きればいいのよ』

ふいに、祖母の笑う声が聞こえた気がした。顔を上げると、父は口元に笑みを刻んで、本を読んでいる。

いけないいけない。

鬱々とした思考を振り払うようにして首を振ると、西洋的な煉瓦《れんが》街が視界にうつる。しばらく見ないうちに、新しい店が増えて、ずいぶんと街の雰囲気は変わっていた。

西洋文化の刺激を受けて、日々変化する街。

その変化を楽しんでいるひとびとを目にすると、ありすの心も浮き足立ってくる。

「さて、降りようか」

「うん」

ぼんやり眺めていたせいで、子供のように返答してしまった。

母だったら言葉を正すよう睨《にら》まれるところだが、父はそれを嬉しそうな顔で受け止めて、ありすに手を差し出した。

馬車から降りて、日傘を差す。

久しぶりに歩く街は明るく、心がどんどん軽くなっていくのを感じた。

「ありす、時間もあるし、あそこでお茶でもしていかないかい？」

父が指さしたのは、西洋の果物を出す店だった。ありすは真新しい洒落た外観に興味を引かれたが、どうも高級店のようである。

「……今は疲れてないから、あとで休憩したいわ」

「いやいや僕が疲れたんだ」

やんわり別の店に誘導しようとしたが、父はすっかり乗り気だった。借金をこさえるのが得意な父の、金銭感覚がありすには危なっかしく感じられた。

高そうよ。うちにそんな余裕ないでしょ？

そうはっきり言おうか迷っていると、父はさっさと店の扉を開けて入ってしまう。

「ちょっと待ってよ、お父様」

声が聞こえなかったのか、父は店の奥へ奥へと。

「よかったいらっしゃった。楽しみで、ずいぶん早くついてしまいましたよ」

洒落た店内の一番奥。衝立《ついたて》の陰になっている席に向かって、右手を上げている。

誰と話しているの？　なんのことかしら？

ありすは爪先立ちになってその席を確認しようとすると、男性が立ち上がって、こちらに向かって頭を下げた。

見間違うことのない金色の髪に、天使のような容貌。

ちょ、ちょっとお父様、待ち合わせなんて聞いてない！　心の準備が……！

内心悲鳴をあげたありすであったが、一臣と目が合い、慌てて伏せる。優しい声が響いた。

「黄桜様、ご足労いただき、ありがとうございます。それと、以前もお伝えしましたが、私に敬語を使わないでください。若輩者ですので……」

「伯爵は謙虚なひとですね。だが、そう言ってもらえると、僕も気が楽だ。ここはいいお店ですね」

「ええ、静かで。私も気に入っています」

「それに、それも美味《おい》しそうだ」

晴信は一臣の手元を見つめる。父の視線の先には、林檎《りんご》のパイ包みがあった。まだ温かいようで、添えられたアイスクリームが、黄金色の果物の熱でとけていく。父が言うようにとても美味しそうだったが、一臣は恥ずかしそうに目を伏せた。

「ええ……ときおり食べたくなるのです」

西洋的な容姿の彼は色が白く、そのせいで頬がほんのり赤くなるのが見て取れた。

そういえば、とありすは思い出す。

彼からの贈り物——果物やお菓子はどれもこれも珍しく、とびきり美味しいものばかりだった。

今までそんな話は出なかったが、彼自身が甘いものが好きなのかもしれない。

「ああ……」

ありすは思わず、父を見た。

今の世の中、甘いものなど女子供の食べるものと豪語する輩《やから》は珍しくない。それで一臣もこうして目立たない席で林檎パイを楽しんでいたのに、晴信が待ち合わせ時間よりも早く到着したために邪魔をしてしまったようだった。

食べかけの林檎パイと、気まずそうにしている一臣を見て、ありすはあえてうなずいた。

「本当に美味しそうな林檎パイ！　お父様も甘いものが好きよね。時間があるなら、なにか食べていったら」

「お、そうだな」

何も気づいていない父はいそいそと席について、メニュー表に集中し始める。ありすも店内のチラシを見るふりをする。

視線がそれたことで、一臣がほっと吐息をついた。

嬉しそうに林檎パイを食べ始めるのを確認して、ありすは頬を緩める。

男のひとが甘い物が好きだって、別にいいのに。

そんなことを思っていると、父がとぼけた物言いで言った。

「そういえば、ありすはどうする？　今は疲れてないのだろう。それなら、外を見てくるかい？」

ありすは狼狽《うろた》えた。そんなことを今言い出さなくたって！

父はさらに言葉を重ねてくる。

「僕はしばらく本が読みたいから、ここでゆっくりしているよ。でも、君は久しぶりの外出だ。銀ブラをしたいんじゃないのかな」

「それでしたら、私がご令嬢を案内してもよろしいでしょうか？」

急に一臣に申し出られ、ありすは息を呑《の》む。鼓動が、大きく打ち出してしまう。

父は動揺する娘をちらりと見やり、満足げに笑った。

「ああ、それは安心だ。ありす、よかったな。いっておいで」

「いえ、あの！……お、お父様ったら調子にのりすぎです。それは……空泉様にご迷惑ですわ」

「迷惑なんてとんでもない」

空泉伯爵は優しそうに微笑《ほほえ》んで、しかしどこか寂しそうな瞳でありすを覗《のぞ》き込む。

「ぜひご一緒させてください。私のような若輩者の案内では、ありす様はご不安かもしれませんが」

「その……」

そんな仔犬《こいぬ》のような瞳で見つめられると、何も言えなくなってしまう。

「……そんなことはありませんわ。その、とても心強いです……」

蚊の鳴くような小さな声で、そう返すのがありすの精一杯だった。

◇◇◇

身内ではない男性と街を歩くのは、ありすにとって、はじめてのことだった。

それも天使みたいに綺麗《きれい》な人と、だなんて。

そのせいかどうにも緊張してしまって、自分がちゃんと歩けているかさえ自信が持てない。

だって、旦那様とだって、いっしょに出かけたことはなかったんだもの。

松也は仕事が忙しいせいで、ふたりでゆっくり出かける時間がとれず残念だとよく零《こぼ》していたものだった。

会う場所はたいてい黄桜邸か霧島《きりしま》邸で、それはそれで楽しかったのだけれど、なんとなく、彼がいっしょに出かけてくれない理由は別のところにあるように、ありすは感じていた。

旦那様は西洋の新しい文化がお好きなようだったけれど、女性に関しては、琴子姉様のような、あまり外に出ず、慎《つつ》ましく家庭を守るひとを好んでいた気がする……。

温良貞淑、質素倹約。

そういう古風な女性、高尚な精神の女性というのがよき伴侶だと、女学校でも教えられていた。

わたしは世の中の規範から外れているわ。

新しいものが好きで、好奇心を抑えられない。ひとよりもあやかしたちと話す方が気楽に感じてもいるのだから、ばけもの姫と言われても、一人前の令嬢として扱われなくても致し方ない。

そう、心のどこかで諦めていた。それなのに——

ほんとうに、空泉伯爵は変わっていらっしゃるわ。

そんな自分なのに、一臣はとても嬉《うれ》しそうな、無邪気な笑みであれやこれやと話しかけてくる。

「あちらの履き物は素敵ですね。今日のありす様のお召し物とよく似合いそうです。少し試してみませんか？」とか「疲れたらすぐに言ってくださいね。甘いものを出すいいお店があるんですよ」とか。

降り注がれる優しい言葉を、ありすはうまく受け止められないでいる。うまい返答もできず、ひそかに落ち込んでいると、

「やはり、お父様がいらっしゃらないと不安でしょうか？……戻られますか？」

気遣わしげに問われて、ありすははっとした。

「い、いえ、不安なんて！　そんなことはありませんわ。ただ……」

「ただ？」

「その、緊張してしまって。うまくお話できない自分が情けなくなっていたのです……」

ふたりで歩き始めてから感じる周囲の視線。

西洋的な容姿の、立派な風体の青年はとかく目立つ。特に女性は、こぞってその美しさに見惚《みと》れ、連れのありすに気づくと、笑う。

冷笑、失笑、嘲笑。

そんな唇の歪《ゆが》みを目にすると、父と街を歩いていたときのような楽しい気分は湧くはずもなく、自分のみすぼらしさを思い知るのである。

どうしてこの方は、わたしに楽しそうな顔を向けるのかしら？

不思議だった。旦那様は、けっしてそんな顔をしなかったから。

女性をエスコートするときの嗜《たしな》みとして、自然と笑顔になるのだとしたら、これが本物の貴族というものなのかもしれない。

ありすはそう感心して、まぶしげに一臣を見上げると、彼は困った様子で目をそらす。

「そんな顔で見ないでください。僕も、緊張しているのですよ？　お父様や豆子さんに見せていたような、気取らない顔でいてくれたら嬉しいのですが」

それは一体どんな顔だろう。気取らない顔なんて気が抜けていて、とても見せられたものではないはずだ。

戸惑うありすの前で、一臣は目尻を垂らして嘆いた。

「僕は……豆子さんが羨ましいです」

「ま、豆子がですか⁉」

素っ頓狂な声をあげてしまった。どこにも羨ましがるところが見つけられなかったからだ。

慌てて、口元を両手で押さえると、青い瞳が冷たく陰る。

「豆子さんは、ありす様を家族だと言っていました。自信満々に。欠片《かけら》も疑うことなく。それが、僕にはたまらなく羨ましいのですよ。……僕には、そういう存在がいないので」

深い苦悩を感じさせる、厳しいまなざしだった。

ご家族がいらっしゃらないとは、どういうことだろう？　早くにお亡くなりになったのだろうか。

深くは尋ねられなかったが、ありすは彼の孤独の理由を知って黙した。すると、

「ありす様。僕はあなたと家族になれることを何よりも望んでいます」

夫婦ではなく、家族になれることを望むと、一臣は口にする。

ありすはおずおずと瞳を上げた。

「以前、わたくしは求婚のようなものをされた気がしています。それは、本気と受け取ったほうがよいのでしょうか？」

「はい。決して冗談ではありません。ゆっくりでいいですから、どうかよく考えてください」

偽りなど感じようもない真摯な様子に、ありすはどうして？　と思う。

なぜ、わたしなのだろう。他にもっと素敵な女性がいて、彼が望めば誰もがうなずくに違いないというのに。

きっとなにか、勘違いをされているのだわ。ばけもの姫と呼ばれる自分を求めるなんて。

否定ばかりが湧いてくるのは、破婚の傷が塞がっていないからである。あれから二ヶ月が経とうとしているけれど、ありすはまた傷つくのが恐《こわ》かった。

それなのに。

信じることができないのに、そんなありすを待ってくれる、優しい彼の瞳から目をそらすこともできなくて、

「空泉様」

「ありす様。まずは、友人のひとりにしてくださいませんか？　一臣と呼んでください」

「はい……」

頭が、ぼんやりとする。

彼は嬉しそうな顔でなにかを待っていた。

「しょ、承知しました。……一臣様」

「一臣、と呼んでください。様はいりません」

「そんなの、できるわけっ」

「まあ、いいでしょう。わかりました。ありす様が慣れてくださるのを、僕は待ちます」

「………」

呼び捨てにしろというのに、ありすのことは『ありす様』と敬称をつけるのである。

そのことがなぜだろう。ありすにはもどかしく感じられて、

「あの、わたくしのことは」

ありす、とお呼びください。

そう言おうとしたときだった。

「おやぁぁ、そこにいらっしゃるのは、空泉伯爵ではないですか」

いささかねっとりとした男の声に、ありすはびくっと肩を跳ね上げた。その声に、聞き

覚えがあったからだ。

でも、あの人はこんな話し方はしなかったわ。

似た声だけれど別人だろう、と恐る恐る確認して、

「だんな、さま……」

泣きぼくろの男性は、ありすの姿を瞳に留めると、眉を寄せる。

「――失礼」

ありすを守るように前に出たのは、一臣だった。厳しげに、青い瞳を細めて。

松也は一瞬真顔となったが、取り繕うように、にこやかな笑みを浮かべる。

「本当に、こんなところで奇遇ですねぇ。空泉の若き当主と、お話ししたいことがあったのですよ」

「では後日、連絡ください。家の者に対応させます」

「すでに何度もご連絡しています。しかし、よほど雇われている者が愚鈍なのか、とても話にならない。大事な、非常に大事な取引の話だというのに」

「私に話が回らないのならば、大したことではないと判断したのでは？　今は忙しい。ご遠慮ください」

取り付く島のない様子に、ありすは顔を上げる。一臣は無表情だった。

いつも優しい人が、一体どうしてそんな顔をしているの？

「……あのっ、一臣様？」

「大したことではない、だとっ」

ありすの問いかけは、男の苛立《いらだ》った声にかき消された。

松也は必死な形相で噛《か》みついた。

「空泉家にとって大したことがなくとも、こちらは死活問題だ。父の代から続いている事業を一方的に取りやめにされてはっ」

体を震わせて叫ぶ姿は悲哀すら感じさせた。しかし、一臣は眉一つ動かさない。

「私には、関係のないことです。家の者にご確認ください」

そう無情に切り捨てると、ありすの背を優しく押して、歩き出すようにうながす。

ありすは、訳がわからなかった。

とても気になる会話をしていた気もするが、松也が声を荒らげた瞬間、心臓は早鐘を打ち始めてもいた。

あの、罵倒された夜会のことを思い出して、一刻も早く立ち去りたいと思っていた。しかし――

「ありすさん……」

聞いたこともない、か細い声で呼ばれ、思わず振り返ってしまった。

男が、破顔する。

「ああ、やっぱり！　髪や着ているものが違うから、すぐには気づかなかったよ。ありすさんじゃないか」

その親しげな様子に、ありすは戸惑った。破婚のことなどまるでなかったかのような、いや結婚していた事実すらない、親しい友人にするような態度である。

「あの、わたしは……」

心がついていけない。

それ以上なにも言えないでいると、松也は言いにくそうに目を細めた。

「その、ね。ありすさんに相談したいことがあるんだよ。以前、きみが言っていた女性の件、あれはきっと僕を心配して……」

「残念ですが、彼女はこの後予定を控えています」

そう遮った一臣の声には、抑揚がなかった。つとめて感情を押し殺しているのだと、ありすは察して、そして、彼はすべてを知っているのだと悟った。

やっぱり、破婚騒動のことを心配してくださっていたのね。

じわり、とあたたかな気持ちになった。呼吸を、する。

動揺が波を引くように遠のいて、ありすはまっすぐ顔を上げた。
そして冷静になって、気づいてしまった。
松也を包む、灰色の靄《もや》に。
声が聞こえた。女性のすすり泣く声だった。
『ゆるさない……ゆるせない……けしてけして……』
ありすは震えた。
「霧島様」
ありすにしか聞こえない声。
ありすにしか視《み》えない靄が、しだい、しだいに人の形となっていく。
「……相談とは、夜会のときにお聞きした女性たちのことでしょうか？」
尋ねた瞬間、松也は顔を覆って泣き出したのだった。

◇◇◇

猫足のテエブルに珈琲《コーヒー》が運ばれる。

立派な白髭《しらひげ》の支配人は、うやうやしく腰を折った。

「空泉様。それでは後ほど黄桜男爵様をお連れします」

劇場内の貴賓室。

舞台出資者である一臣が声をかけると、すぐに劇場側は部屋を用意し、カフェーで本を読んで待つ父を誘導する手筈《てはず》を整えてくれた。

その影響力に改めて驚くありすの隣には一臣が座り、向かいでは松也が肩を落として座っている。

支配人が退室すると、松也はおずおずと目を上げて訴えた。

「その、話してもいいだろうか……？」

ありすはこっそり一臣をうかがった。

幽霊が視えることを、彼には知られたくない。どうにか席を外してもらえないか、と思っていたが、一臣は松也にどうぞ、と話すよう、うながした。

松也はありすにすがるような目を向けた。

「夜深くなって寝台につくとね、聞こえるのだよ。その、女性の声が。……それもひとりではないんだ。貴婦人のような声だったり、庶民の女の声だったり。僕を冷静に責める声だったり、はたまた急に感情的になって罵ったり……その声に、夜ごと悩まされているんだ」

松也はそう言った。

その現象はありすと破婚してすぐに始まったという。松也はあれからずっと幽鬼たちに苛《さいな》まれていたらしい。

「はじめは、気のせいだと思おうとしたんだ。ありすさんが変なことを言うから、それで神経質になっているのだろう、と。けれど、最近は妙な影を目にするようになって。酒を呑《の》んで眠ろうとしたら、夢の中にまで出てきて……夢の中で、僕を追いかける彼女たちの顔を見てしまってからは恐ろしくて、眠ることもできなくて」

今日の松也はどうにも感情的で様子がおかしいと感じていたが、睡眠不足が原因のようだった。よく見ると、目の下には青い隈《くま》がある。

たしかに、毎夜、夢の中にまで幽鬼に追いかけてこられたら眠りたくても眠れないだろう。しかしそれだけが理由ではない、とありすは感じ取っていた。

「幽霊のお顔は、どんなお顔でございましたか？　……ご面識のある方だったのではないですか？」

「ああ……」

渋々といった様子で、彼は認めた。どこか恨みがましい顔となる。

「僕はね、ありすさん？　夜会のときに彼女たちのことを聞かれて、心臓が止まるかと思ったのだよ。その三人は以前――ありすさんと出会う前だよ？　その、僕に好意を寄せてくれたようでね、でも相手にできなかったんだ。しばらくしてそれぞれご不幸があって、亡くなったと聞いていた」

なぜそのことを知っているのだ？　と松也は言いたげだったが、ありすは気づかないふりをした。一臣の前で本当のことなど話したくなかったから。しかし、

「やはり……あの噂《うわさ》は本当なのかい？」

松也は恐ろしいものを見るように、ありすを見上げた。

「黄桜家は拝み屋を家業とする一族だったと。政府の指針で廃業したが、代々の当主の中には異端の力を持つ者がいた、と。ありすさん、君もそうなのか？」

「それは」

まさか松也がそのことを知っていたなんて。あのとき化け物と罵られたのは、彼がオカルトじみたことに忌避感を抱いていたからだろう。

――それが普通だ。

あやかしが視えるなんて言ったら、誰もが嫌な顔をして去っていくに決まっている。き

っと一臣も。

ありすが黙り込んでしまうと、松也は足下にやってきて、突然、彼女の手を取った。嫌悪感に、ありすの背中は粟立《あわだ》った。

「ああ！　でも、これで腑《ふ》に落ちたよっ。君は僕を心配して、あのとき彼女たちのことを聞いてくれたのだね。それなのに僕は訳がわからなくて、破婚なんて馬鹿なことを。……僕が悪かったよ。僕を助けておくれよ！　取り憑《つ》いている幽霊を退治してくれよ！」

松也は涙を流しながら、ありすの足下に跪《ひざまず》いている。ありすは己の手を取り戻そうとしたが、強く、強く、握りしめられ叶《かな》わない。

「あの、霧島様。わたくしにそんな大それた力はございませんわ。か、買いかぶりです」

「でも君にはなにか視えているんじゃないのか？　僕にはない力を持っているのだろう？　あのときは僕が悪かったからっ、破婚も撤回するからっ。力になっておくれよ！」

「おやめなさい」

一臣は松也の手を摑《つか》んだ。顔をしかめて、ありすから引き離す。

「黙って聞いていれば、幽霊に憑かれたのは、身から出た錆《さび》なのでしょう。彼女には関係のないこと。迷惑です」

「あなたは！　あなたこそ関係がないのに、しゃしゃり出てこないでくださいっ」

松也は一臣を睨《にら》みつけた。憎しみすら感じさせるまなざしに、ありすはひやりとしたが、一臣は引かなかった。

「関係あります。ありす様は私の大切な友人です。黙ってみているわけにはいきません」

「僕は彼女の夫だぞ！　妻である彼女は、伴侶である僕を助ける義務があるっ」

「『元』夫でしょう？　虫のいい人だ。それに、お噂は聞いていますよ」

「…………？」

噂というのが何かわからず、ありすは首を傾《かし》げたが、松也には通じたらしい。

「っ、偉そうに！　俺だって知っているんだぞっ」

かっと頬を赤らめて、俺、と語気を強める。

「妾《めかけ》の子が空泉の当主を殺して、その座についたということを!!」

「なっ……」

ありすは瞠目《どうもく》した。慌てて一臣を振り返ると、彼の顔からは血の気が引いていった。

「それは……」

松也は哄笑《こうしょう》する。

「はは！　噂だと思っていたが、その反応は本当のようだな。青い瞳をした母親は、卑しい身分なのだろう？　それなのにその汚れた血を引いたお前が、うちの仕事を切り捨てて、今も関係もないのに邪魔をして……」

「やめてくださいっ！」

ありすは叫んでいた。

松也の言っていることが本当とは思えなかったが、その言葉に一臣が傷ついているのが見て取れて、胸が痛んだ。

松也は、そんなありすをどこか気の毒そうに見ている。

「ありすさん、騙《だま》されちゃいけないよ？　その男はたしかに美しい。しかしね、瞳の色と同じように冷たく、人形のように心がない。今だって僕がこんなに困っているのに、理解しようとしなかったじゃないか。君はひとを見る目がなくて、放っておけないな。そんな男に構っていないで、僕のところに戻っておいでよ？」

そして優美に、指先をこちらに向けて、彼は笑う。

夜会で、ありすをダンスに誘ったときのような魅惑的な仕草だった。しかしその後ろでは、嫉妬で顔を染めた幽女が、ありすを睨んでいる。

ありすは眩暈《めまい》がした。

なんなの、この状況は……！

足下から崩れ落ちそうだった。そのまま失神してしまいたかったが、視界の端に、真っ青なままの一臣が入った。

家族がいないと嘆いていた彼。

ありすを松也から守ろうとしてくれた彼に、松也の視線が流れていく。

その口元が意地悪く歪《ゆが》むのを、ありすは確かに見た。今度はどんな言葉を、優しい彼に投げつけるつもりなのか。

「……霧島様」

ありすは考える前に言っていた。

「お困りの幽鬼の件、若輩者でございますが、お力添えをさせていただきたく存じます」

一臣が、目を見開いた。

どうして、とその青い目は言っていたが、やがて諦めたように面を伏せた。

◇◇◇

「おはよう。昨夜は遅かったのに、ちゃんと起きてえらかったね」

父の晴信に、心配そうな顔で声をかけられたのは、朝餉《あさげ》を終えてすぐのことだった。ありすは、つとめて唇の端を上げる。

「ええ、昨日は舞台が素敵で興奮してしまったわ！　それで少し寝不足だけれど、ちゃんと眠れたの。元気よ？」

嘘《うそ》である。本当は明け方に少し眠れただけだ。

頭が重く、食欲もあまりなかったが、父の視線に気づいて無理をしてしまった。無理矢理におさめた、お芋のにっころがしがお腹《なか》の中で暴れている。

「それならいいのだけど……本当に、大丈夫かい？」

ありすが幽鬼退治を引き受けると、松也は上機嫌となってすぐに帰っていった。

松也がいなくなった後にやってきた父には、なにがあったか一切話していない。しかし、一臣が舞台を見ずに帰ってしまったので、父は昨日からずっと心配している。

「伯爵は大丈夫かな。とても具合が悪そうだったけど」

「……ええ、そうね」

一臣は父が来るまでずっとありすのそばにいてくれた。――青い顔をして。

ありすがなにか話しかけても無言だったが、こちらを気遣うような顔でうなずいてくれていた。

『申し訳ありません。体調が優れず、この後おつきあいできそうにありません。舞台はおふたりで楽しんでいってくださいね』

そう丁寧に謝罪していった彼の後ろ姿。

ほんとうに、あれでよかったのだろうか。

ありすは父と別れると、洋館の書庫へと向かう。

雨音が気分を落ち込ませた。誰もいない薄暗い室内は、書物の匂いが充満している。

「除霊なんて引き受けなければよかった……」

あのときそうしたのは、松也にこれ以上一臣を傷つけさせまい、と思ったから。しかしその後に見せた一臣の表情を思い返すたび、後悔が湧いてくる。

「……おつらそうだったわ」

一臣が父親を殺した、なんて噂とても信じられないけれど、家族がいないと悲しそうだった。一体、彼になにがあったのだろう。

ありすは古い呪術書が並ぶ棚を、ぼんやり眺める。すると、ふわふわとした毛玉が飛び込んできた。

「暗い顔をしてどうした？」

棚に飛び乗ったのは、お玉さんだった。琥珀《こはく》色の瞳が、ありすをじっと見下ろしてくる。

「除霊がどうとかとも、聞こえたが？」

「うんちょっとね」

疲れていて説明する気になれなかった。それ以上、言葉が出ないでいると、お玉さんは苛立《いらだ》った様子で、後ろ足で耳を掻《か》いた。

「聞いたぞ？　昨夜はあの優男の伯爵と『ぶたい』とやらを見に行ったんだって？」

ありすはちょっと目を見張る。

お玉さんは一臣をなぜか厭《いと》うている。だからそのことを隠して出かけたというのに。

「誰に、聞いたの？」

「誰だっていいだろう。まったく、親子そろってぽやぽやしおって！」

どうやら父が漏らしたようだ。

ありすにとってそうであるように、晴信にとってもお玉さんはよき相談相手である。頼りになるかは別として、子供の頃からずっといっしょにいるため何でも話せるのだ。娘のことを心配した晴信が、お玉さんに相談したのだろう。

そんなことを考えていると、お玉さんは毛を逆立てて叫んだ。

「それよりも、除霊とはどういうことだ？　あの伯爵についてる『あれ』は、お前が祓《はら》えるような、生半可なものじゃないんだっ。馬鹿なことを考えるな！」

「…………え？」

「あれはまずい。嫌な臭いがする。下手に突っつけば、お前とて」

「お玉さん!!」

ありすは永きを生きる相棒を凝視する。

「一臣様にも、危険な幽霊がついているというの!?」

針のような瞳孔の瞳が揺らいだ。しまった、と顔をしかめる。

「その、なんだ。……お前が退治しようとしているのは、なんなのだ？」

「霧島様に取り憑いている女性たちよ」

「あいつにも会ったのか!? どういう状況だそれはっ」

もう知らん、とぷいっと、お玉さんは背中を向ける。逃げようとする後ろ足を、ありすは摑んだ。

「なにをするっ、離せ！」

「嫌よ！　ちゃんと話してくれるまで離さないわっ。一臣様にどんな幽霊が憑いているっていうのよ！」

「別になにも憑いておらんっ」

「誤魔化さないで！　いいわ、お玉さんが言わないなら直接お会いして確かめてくるから！」

そう怒鳴り返すと、お玉さんは途方に暮れたような顔となった。

乗った。

「やめろ、ばか娘が」

疲れたような声で、足を離せ、と言う。ありすが従うと、お玉さんはありすの肩に飛び乗った。

ため息が落ちてくる。

「あの男が、どういう状態かはわからん。わからんが、あの男には、強い未練を残すなにかが混ざり合っている、ように視《み》える」

「……なにかってなに？　幽霊が、混ざっている？」

「幽霊ではない。そんな可愛《かわい》いもんじゃない」

そう断言する表情は厳しかった。

お玉さんは大妖怪である。黄桜家の当主しか知らない、真実の名を持つほどの。

そのお玉さんが警戒を露《あら》わにする様に、ありすは胸騒ぎを覚えた。

一臣は今どうしているだろう。昨日の苦しそうな様子がまざまざと思い出される。

「……わたし、出かけてくるわ」

「おい！」

「一臣様が心配なの。会ってお話を聞いてくるっ」

そのまま部屋を飛び出したありすを、お玉さんは慌てて追いかけるのだった。

第三章　鬼祓い

麹町《こうじまち》にある空泉《そらいずみ》邸に辿《たど》り着いたのは、早朝から降り続いた雨が止《や》み、晴れ間が差しこむ午後のことだった。

ありすが頼み込むと、父は事情も聞かず馬車の手配をしてくれた。

『恋とは人を突き動かすものだから』

父は呑気《のんき》である。

ありすが一臣《かずおみ》に会いに行く理由を知らないからこそ、笑って送り出してくれたのだろうけれど、そのことが、ありすの不安を軽くしてくれた。

大丈夫。お玉《たま》さんの見たて違いよ、きっと。

強くうなずいたありすの視線の先では、お玉さんが、ふかふかのクッションに寄りかかって、踏ん反り返っている。

「もう！」

足を組む猫なんてとても見せられたものではない。

お玉さんを抱っこすると、馬車の窓を開ける。ちょうど若い御者が駆け寄ってきて、そばかすの散る鼻を得意げに膨らませた。

「ご在宅です。馬車を中にいれます」

空泉邸から訪問を許されて、ありすはほっとする。

一臣に訪問の約束も取り付けずに押しかけてしまった。訪問理由として、舞台の礼の品を父から渡されていたが、不在だったらどうしようと思っていたところである。

「おい、ほんとうに行くのか？」

「なによ、恐《こわ》いの？」

「恐いわけあるかっ。行っても無駄だからだ。無駄は面倒だ」

「無駄かどうか、わたしが決めるわ。お玉さんは、しばらく黙っていてね」

「お前な。……我輩はお前のことを思って、止めているんだぞ？」

お玉さんは顔をしかめている。

文句を言いながらもついてきてくれたのはありすを心配してのことだと、ありすもわかっている。わかっているが、素直に受け止められないでいた。

「ごめん、お玉さん……」

馬車は空泉邸の敷地《しきち》内へと進み、ふたりはすぐに屋敷《やしき》の中へと通された。

白と空色を基調とした洋館は広く、花が生けられた壺《つぼ》ひとつとっても日常で使うのを躊躇《ためら》うほどに、繊細で美しい。

空泉家が美を愛する一族と評されるのもよくよく理解できたが、ありすはなぜだろう。屋敷を歩くたび、息苦しさを感じていた。

すべてが美しく、完璧だからかしら。

塵《ごみ》一つ落ちていない回廊。家従も女中もみな端整な顔立ちで、服装に乱れもなく、きびきびと動く。突然訪問してきたありすにも礼儀正しいのだけど、

「ここの連中はあれだな。感情を押し殺していて、よそよそしい。『なに』に怯《おび》えているんだ？」

ありすとふたりきりになると、お玉さんはそう言った。

「……怯えている？」

大袈裟《おおげさ》な言いようにも感じたが、彼らの瞳には警戒心のようなものを見て取れた。

でも怯えているって、一体なにに？

首を傾《かし》げていると、外側から扉が開かれた。

「ありす様！」

慌てた様子で入ってきたのは一臣だった。

金の御髪が乱れている。昨日は青白い顔をしていたが、今は頬が紅潮していて、ありすは安心した。

「急にどうされたのですか？　言ってくだされば、僕がうかがいましたのに」

「その、昨日のお礼を父から預かりまし……」

「やい、優男！　ありすに関わるのはもうやめろ！」

ギョッとした。あろうことかお玉さんは二本足で立って、一臣に片手を突きつけたのだ。

猫に怒鳴られた一臣は、目を見開いて、お玉さんを凝視している。

「ち、ちがうのっ。これは！」

喋《しゃべ》らないで、って言ったのに！

ありすはお玉さんを後ろに隠そうとしたが、お玉さんはありすの背中をよじ登る。

「邪魔をするな、ありす！　こいつにはハッキリ言ってやらなきゃ」

「驚きました。そちらの猫は、あやかしでしたか……」

冷静な声に、ありすとお玉さんは顔を上げる。一臣は口元を押さえ、まじまじとお玉さんを覗《のぞ》き込んでいる。

「お、驚かないんですか？　猫が喋っているのに。その気持ち悪がったり、とか」

「気持ち悪いとはなんだっ、ありす！」

「黙ってて っ」

「こら、なにをしゅるもごもご……」

お玉さんを捕まえると、その口を手で塞ぐ。遠慮容赦ないありすに、一臣は目を丸くした。

「驚いていますよ、充分。実際に、あやかしに会うのは初めてです。――ですが、私は空泉家の人間なので」

「それはどういう？」

そう尋ねた途端、一臣の表情が曇った。

「そうですね。……私はありす様に話さなければならないことがあります。長い話になるのですが、聞いていただけないでしょうか？」

「ええ、それはもちろん……」

「なにから話したらいいのか」

そう呟《つぶや》いた一臣は、沈鬱な表情だった。

話すことすらつらそうであったが、やがて覚悟を決めたように、ありすの目を見つめる。

「空泉家は代々、美しいものを蒐集《しゅうしゅう》してきました。古いものから、新しいもの。海の向こうから渡来したもの。国内外問わず、当主が興味を持ったものを集めてきました。それらはひとびとを魅了し、家を発展させましたが、その中には公にできない、所謂《いわゆる》いわく付きの品もありました」

「いわく、付き？」

「ええ。それはたとえば、生き血を欲する村雨《むらさめ》であったり、命が吹き込まれた美人画であったり。そういったものです」

ありすは顔色を変えた。

「……ほんとうに、そんなものを集めていたのですか？　それは危険です」

「仰《おっしゃ》るとおりです。多くは紛《まが》い物《もの》でしたが、ごくごく稀《まれ》にある本物。それらはたいへん危険ですので、専門家を挟んで距離感をたもちながら取り扱っていました。しかし……。私の父は、他の当主のようにはいかなかった。彼は、一線を越えてしまった」

一線を越えてしまった。

青い瞳が遠くを見つめる。一臣は悲しげに吐息をこぼし、静かに語り始めた。

◇◇◇

あの男が彼女に話しかけるのを見た瞬間、ざわり、と胸が騒いだ。

父と同じ声で、あれが囁《ささや》いた。

殺《や》れ、と。

獲《と》られる前に殺れ、と。

喉を突き上げる、熱く、どす黒い思念に呑《の》まれかけて、手綱を握った——つもりだった。

抑えきれなかった苛立《いらだ》ちは、果たしてあれのものだったのだろうか。

『妾《めかけ》の子が空泉の当主を殺して、その座についたということを!!』

男に糾弾されたとき、罰だと思った。

何も話さず彼女に近づこうとしたことへの。

騙《だま》されたわ、と目を背けられることはなかったけれど、彼女は決してそんなことはしなかったけれど、あの男の頼みを引き受けた。

それが答えなのだと、悟った。

だから言っただろう、とあれが嗤《わら》う。

獲られる前に殺れ、と。

もう手遅れだぞ、と。

耳を塞いでも逃れることの出来ない囁き声。

心は疲弊して、すべて諦めたはずだったのに。

凜《りん》とした、まなざしが一臣の心を温める。

『長い話になるのですが、聞いていただけないでしょうか？』

彼女がうなずいたとき、胸の内を風が吹き抜けた。

ああ、これは罰ではない。

これはきっと救いなのだ。

軽蔑される恐れよりも、心の澱《おり》を吐き出す清々《すがすが》しさに、一臣は狼狽《うろた》えるのだった。

◇◇◇

三年前に他界した、空泉胤次《たねつぐ》は気難しいひとだった。

いつも眉をひそめ、険しい顔をしているものだから、一体なにが気に入らないのだろうと、一臣はよく思ったものである。

そんな父だが、物珍しいものを見つけたときだけは、子供のように目を輝かせて笑った。

たとえば、蓄音機。たとえば、ヴァイオリン、そして青い目をした母。

「父の興味はもっぱら、まだ誰も見たことがないものにありました。稀少《きしょう》で、物珍しいものに向けられていました。だからでしょうか。青い目をした私の母や私に、ずいぶん目をかけていたようです。本妻やその子供たちよりも」

一臣にとって父とは、怒りをぶつけたい存在でありながら、決してそれができない存在。ありすと晴信《はるのぶ》の親子関係にくらべ、なんと冷たく異質なことか。

そのことが、ありすに伝わらないよう、感情を抑えて、淡々と話す。

「父は、自分が手に入れた品物をよく見せてくれました。私はそれが嬉《うれ》しかった。私という存在は、空泉家では腫れ物のような扱いでしたので。けれど、ある日を境に、父はいわく付きのものばかりに興味を示すようになりました」

「それが先ほどおっしゃっていた、村雨といった類いのものですか？」

「ええ。幕末から明治に移行する期間、多くの呪物が売り払われたようなのです。父はそういった危険な代物を、買い漁《あさ》っていました」

ありすが目をあげる気配がした。

呪物の放出は、祓《はら》い屋たちが廃業したことが大きな要因である。黄桜《きざくら》家が祓い屋家業をしていた、と松也《まつや》が言っていたことを思い出した。

もしかしたら、彼女はあれの正体を知っているのかもしれないと、一瞬、淡い期待をし

──硬質な琥珀《こはく》色の双眸《そうぼう》と出会った。

お玉さん、とありすが呼んでいるあやかしである。

その姿は黄桜家訪問のおり何度か見かけたが、いつも厳しく目をすがめ、こちらを見下ろしていたのを覚えている。

それは猫がよそ者に向ける警戒心なのだろうと思っていたが、

「一臣様？」

ありすに呼ばれて、はっとする。お玉さんはどこか呆《あき》れたようにため息をついて、一臣から目をそらす。

「すみません、ぼんやりしていました……」

一臣は一度目をつぶり、深く呼吸をした。

「ある日、父は若狭《わかさ》国の逸話を記した書物を集め始めました。そこに出てくるある代物を手に入れたかったようです」

「それは、どういったものなのですか？」

「……人魚の、肉です」

若狭国漁師の娘、人魚の肉を喰《く》らいて不老不死となる。

八百年の歳月を少女の姿のまま生き続け、八百比丘尼《やおびくに》と呼ばれた老尼は、周囲の羨望を集めていた。

古い書物の一節を、父は飽きもせず諳《そら》んじていた。

父と母は、親子ほどに歳《とし》が離れていた。加えて生来の不摂生がたたって、父の体は強くなかったから、健康で若い母が羨ましかったのかもしれない。

『この世界には、まだ見ぬ物珍しいものがある。まだまだ、あるのだ。それらすべてを蒐集するまで、死んでも死にきれん』

それで求めた、ひとを不老不死にする肉。妄想の産物としか思えない代物を、父は求め続けた。

何年も、何年も。

歳を重ねるほどに父の絶望は深まり、それに反して執着は深まっていった。

そんな父に呆れて、正妻やその子は離れていった。

空泉家に古くから仕える者たちも、常軌を逸脱してゆく父を恐れ、忠言を控えた。一臣は、見つからぬものを探し続ける父の最期を思うと、やりきれなかった。

そんなある日——

「父は、薄汚れた包みを大事そうに抱えて帰ってきました」

とうとう見つけたぞ、と父は笑った。

「これがまた、嬉しそうに笑うんです。紛い物だなんて、とても言えません。すると、父はいっしょにその肉を食べようと言うのです」

なんの肉かもわからない。

古そうな包みに反して、中に入った肉は新鮮そうに見えた。干からびてもいないし、変色もしていない。

赤々とした、血の滴るような肉だった。

「それはとても美味《おい》しそうな匂いがして、父は舌舐《したな》めずりをしていました。……僕も母も、食べることを止められなかった……」

僕と口にした一臣の声が、かすれる。ありすが心配するようにこちらを見ていた。

「それで、どうなった？」

嫌そうな声でうながしたのは、猫のあやかしだった。冷めた瞳で、一臣を睨《にら》んでいる。

「一口食べると、父は恍惚《こうこつ》とした顔になりました。それから貪るように食べて食べて……それでとうとう、ひとではなくなった」

声が聞こえる、と。父は言った。

恐ろしい声が、と。

「父は赤い目で、喉を掻《か》き毟《むし》りました。獣のように唸《うな》っていた。母はそれを止めようとして、父に、食べられました」

「た、食べられた……？」

「そういうふうに、僕には見えたのです、動物が捕食をするようだ、と。……でも、違いますね。食べようとしたのではなく、混乱して嚙《か》みついた。それから、父は血を吐いて亡くなりました」

恐怖で顔を歪《ゆが》めるありすを前にして、嚙みついた、と一臣は言い直したけれど、確信を持っていた。

父はあれに唆されてひとではなくなってしまったのだ、と。母を食べようとしたのだ、と。

一臣にもあの声が、恐ろしい声が聞こえていたから。

そのことを話すべきか迷っていると、お玉さんが問うた。

「それで、嚙みつかれた母親は、どうなったんだ？」

「母は……傷は治りました。ですが、心が弱ってしまった。それからすぐに流行病《はやりやまい》にかかって、半年後に亡くなりました」

父の死に様《よう》は親族たちの知るところとなり、母が亡くなると『人魚の呪い』と囁かれた。血塗られた当主の座は敬遠され、妾の子と蔑まれていた、一臣に押しつけられた。

一臣は、父を止められなかった責任をとって、それを引き受けたのだった。

「一臣様、大丈夫ですか？　お顔色が……」

「不老不死など、ひとが持つには過ぎたる欲だ。天罰だな」

「お玉さん！」

ありすが猫のあやかしを叱責するのを見て、一臣は首を振った。

「ありす様、お気遣いなく。彼の言う通りですので」

ありすの優しさは嬉しかったけれど、猫のあやかしにはっきり言われて、いっそ清々しかった。

「あやかしの猫様、あの肉は一体なんだったのか、お心当たりはございませんか？」

丁重に尋ねると、冷ややかだった瞳の色が変わる。ふん、と彼は胸を張った。

「知るわけがなかろう。知りたくもない。が、人魚の肉ではない。そんなもの、ひとの欲が産んだ幻想だ。そこにつけ込まれたんだ」

「つけ込まれた、とは、一体『なに』につけ込まれたのでしょう？」

「……知らんと言っているだろう」

鬱陶しそうに首を振ってから、おい、とお玉さんは一臣を見据える。

「なぜそんなことを気にする？　本当に話したいことはなんなんだ？」

「ありがとうございます……」

「なぜ礼を？」

「いえ」

ありすの優しさを手放すのが嫌で、肝心なことを誤魔化そうとする弱い自分。

そんな自分を断罪しようとする存在がこの場にいてくれてよかった、と思いながら、一臣はありすを見つめた。

「ありす様、僕は父をおかしくした恐ろしい肉を、口にしました」

息を呑《の》んだ少女の前で、深々と頭を下げる。

「今まで隠していて申し訳ありません。あの日から、僕は自分が化け物となってしまったように感じていました。だから――」

だから僕のことを恐れて、遠ざけてください、と。

そう、ありすに乞うのだった。

◇◇◇

今、彼はなんと言ったのか。

窓から差し込む陽光に、金色の髪が輝いている。頭を下げたまま動かない伯爵を前に、ありすは動揺を抑えきれなかった。

恐ろしい肉？　化け物？　遠ざけてくれって。

「あの、確認させてください」

「はい……」

それを尋ねるのには、勇気が必要だった。

「一臣様も、ご当主様が死ぬ直前に食べたという肉を、食べたということでしょうか？」

一臣は顔を上げた。こくり、とうなずく。ありすは真っ青になった。

「それでは、一臣様も死んでしまうのですか!?」

叫んだ瞬間、一臣は大きく目を見開いた。そのことに気づかず、ありすは言葉を重ねる。

「お、お医者様っ。お医者様に、診せにいきましょう！　早く！」

慌てて立ち上がる。しかし一臣は長椅子に座ったまま動かなかった。

ありすは焦《じ》れて、一臣のそばに近寄ると、彼は驚いたように上半身を反らせた。

「待ってください、ありす様。僕が話したかったのはそういうことではっ」

「病人が強がらないでくださいっ。お医者様に行きますよ！」

「落ち着けありす」

呆れ顔《がお》で制止したのは、お玉さんだった。

「よく見ろ、この男はどう見たって病人に見えない。ぴんぴんしておる」

「でも！　食べてすぐに、一臣様のお父様は血を吐いて亡くなったというのよ？　それはもう毒じゃないの！　落ち着いてなんていられないわっ」

「本当に毒ならとうに死んでおるわ！」

正論で一喝され、ありすは黙り込む。それでもそわそわしていると、

「大丈夫です、ありす様。医師の診断では、健康上の問題はありませんでした」

一臣はそう断言して、眉尻を垂らした。心配そうな目をしている。

「僕の健康を気遣ってくださるのはたいへんありがたいのですが、ありす様が考えるべき問題はそこではありません」

「え？」

ありすは首を傾《かし》げる。それを見て、お玉さんは苛立《いらだ》った様子で舌打ちした。

「この男は自分が化け物になったと認識しておる。それなのに、そのことを隠してお前に近づこうとしていたのだ。そんな奴の心配をしてどうする？　ぽやぽやと気を許していたら、ある日突然、噛みついてくるかもしれないんだぞ！」

わかっているのか！　と怒鳴られて、ありすはぱちぱちと目をしばたたいた。

「そういう考えもあるのね」

「普通はそういうふうに考えるのだ。まったく、お前には警戒心というものが足りない。元旦那の除霊を引き受けた件といい……」

「でも彼は、噛みついてくるようには見えないわ」

そうきっぱり言うと、一臣は驚いたように顔を上げた。

青い瞳がまぶしそうに眇《すが》められる。

「ありす様……」

しかしすぐに表情を険しくし、訴えた。

「少しは、警戒をしてください。猫様の言うとおりです」

「でも……」

「でも、ではありません」

ありすとは目を合わせず、彼は強い口調で言った。

「あの肉を食べた日から、僕の中に何者かが入り込みました。父が言っていたように、恐ろしい声が内側から聞こえてくるのです」

「恐ろしい声？」

「ええ。口にも出せないようなおぞましいことを、唆してくる。父はそれに負けたのだと思っています」

僕は、と言ってから、一臣は躊躇《ためら》いをみせた。言葉にするのすら恐れているように、声が小さくなる。

「心が弱くなると……あれの声が大きく響きます。魅力的に、思えてくる。僕はそれに負けて、父のように、ひとを傷つけてしまうことを恐れているのです……」

だからひとり。

家族など求めてはいけない、と。

青い瞳は哀《かな》しげに言っていた。

ありすは胸が苦しくなって、両手を握りしめた。

「一臣様、つらい出来事をお話くださり、ありがとうございます。でももっと早くに、そのことを知りたかったです」

寂しげな様子がずっと気になっていた。

もっと早くに相談してもらいたかった。

そう言ったつもりなのに、一臣は目を伏せた。

「すみません。今後はありすの目に触れないよう努めますので」

「そうじゃなくて！」

一体どう言えば伝わるのだろうか。

目頭が熱くなるのを感じ、息を吸った。

「わたしは、あなたを信じます。あなたは負けません」

ひとを傷つけることを恐れて、孤独を選ぶひとが、化け物なわけがない。

誰が何と言っても、本人が自分を化け物だと言っても、ありすの考えは揺らがない。

「あなたは優しいひとです」

そして、それは強い言葉となって空間を揺らした。

「ありがとうございます……」

一臣は目を閉じた。目尻から一筋涙がこぼれる。

「受け止めてくれて、ありがとう」

たどたどしくそう言った一臣は、今日はじめて頬を緩めた。

ありすもほっとして微笑《ほほえ》んだ、そのときだった。

「おい、ありす。帰るぞ！」

お玉さんが焦った声で言ってくる。

その態度が少し引っかかったが、あまり長居をしては一臣にも迷惑だろう。

そう思うもののなんとなく去りがたくぼんやりしていると、お玉さんはありすの肩に飛び乗った。

「用事はすんだ。行くぞ」

髪を引っ張られて、しぶしぶ動く。

「一臣様、長居をしてしまいました。そろそろお暇《いとま》します」

「ありす様、お待ちください。ひとつだけ」

一臣は躊躇いがちに問うた。

「その。霧島《きりしま》氏の依頼は、やはりお受けになるのですか？」

「……ええ、約束をしてしまったので」

正直、心細い。除霊もだが、松也とまた会うことに息苦しさを感じ、ありすは表情を曇らせていると、

「約束、ですか。その、ありす様。なぜ彼の依頼を受けたのですか？　やはり彼のことが好きなのですか……？」

思いがけないことを聞かれ、ありすは大きく目を見開いた。

「そんな！　誤解です！」

ふいに、胸がきりりと痛む。ありすは胸を押さえながら、一臣を仰いだ。

「あのとき、霧島様は一臣様を攻撃するような目をしていました。わたしが依頼を受ければ、彼の気がそれると思ったから、お引き受けしたまでです」

「僕を、庇《かば》って……？」

一臣は呆《ほう》けた顔となる。やがて深々とため息をつくのを見て、ありすは目を伏せた。余計なことをしてしまった。彼の矜持《きょうじ》を傷つけてしまったのだと、差し出がましい行動を恥じていると、

「ありす様は、優しくて、お強いですね。思えば、そこに一番、惹《ひ》かれたのかもしれません」

顔を上げると、優しい微笑みがあった。どこか困っているようにも見えたが、一臣は力強く言った。

「では、その依頼、僕も同行します。何か手伝わせてください」

その言葉に、ありすは知らず知らず安堵《あんど》の吐息をつくのだった。

◇◇◇

物心つく前から、あやかしや幽鬼が視《み》えていた。

視える、ということはそれだけ危険に巻き込まれやすいということだ。正式な鬼祓《ばら》いの修行とはいかないまでも、ありすは最低限の護身の手ほどきを祖母から受けている。

そして、困っているひとを見かけたら、除霊をすることがあった。

まあ、そうすると決まって気味悪がられたんだけど……。

誰だって己が理解できないものは恐《こわ》いはず。にもかかわらず、一臣はお玉さんを見ても動じず、松也の除霊にも協力すると言ってくれた。

それが思いのほか嬉《うれ》しくて、ありすは頬を緩めながら、馬車に揺られる。

「楽しそうだな？」

そんなありすを、ジト目でお玉さんは睨《にら》んでいる。

「そ、そう？」

「再婚なんて、馬鹿な考えは持つなよ」

「な！」

ありすは目を白黒させた。

「そ、そ、そんなこと考えるわけないでしょう？　お、おこがましい」

そう叫んでから、一臣に求婚されていることを思い出す。途端、頬が熱くなり、ありすはぱたぱたと顔を煽《あお》いだ。

そこに高圧的な言葉がかけられる。

「元旦那の除霊の付き添いは見逃すが、それが終わったら、あの男から距離を取るんだぞ？」

ありすはムッと唇を尖《とが》らせた。

「なんでそんなこと言われないといけないの？　わたし、子供じゃないわ」

「今は自制が利いているからいい。だが、あの男はいつどうなるかわからんからだ」

お玉さんはため息をついている。ありすは目を伏せた。

「ねえ、お玉さんにはなにが視えているの？　一臣様が食べたのは、人魚の肉ではない、と断言していたわよね？」

そうだな、とお玉さんはうなずいた。

「あれが喰《く》ったのは、鬼の肉だろう。我輩には、あれが人であり、鬼に視えるのだよ」

「……鬼？　それはあやかしの鬼のこと？」

「おそらく。出自まではわからんが、な」

お玉さんは言葉を選ぶように、ゆっくり話し始める。

「あの鬼は、強い未練を残している。そんなものは、ひとの子には猛毒だ。あの男の父親のように体が拒絶反応を起こし、死んでしまうはず。だが、あの男はなぜか生きている。体を乗っ取られることもなく。異国の血のせいかなんだかわからんが、我輩には危うく視える」

だから、遠ざけるんだ、と。

くどくど言うお玉さんを、ありすは上目遣いでうかがった。

「ねえ、お玉さん。それは黄桜の鬼祓いの術で、祓うことはできないの？」

鬼祓いは、鬼を祓う術である。

そして鬼とは、荒ぶる神から物の怪《もののけ》、巨悪化したひとの子の霊など、ひとを害するものを指す。

一臣を悩ませる鬼も、祓いの対象であるはずだが、お玉さんは首を振った。

「食したことで、肉体と混じり合っている。完全に除去するのは難しいだろう。ただ……」

「ただ？　なによ」

「なんでもない」

煮え切らない様子に、ありすは眉を寄せた。

「お玉さんっ、はっきり言いなさい！」

「なら言おう、現実というものを」

「な、なによ!?」

お玉さんは目を細めて、ありすを見つめる。

「黄桜の血を色濃く継ぐお前がそばにいると、あの男の中の鬼は抑えられるはずだ。あの男にはそれが楽なのだろう。だから、お前は求婚されたんだ」

それはつまり、

「わたし自身が好かれたわけではない、と言いたいの？」

「ああ。お前だって、あの男からの突然の求婚を不審に感じていただろう？　そういうことだ」

厳しい言いようだったが、ありすの中でいろいろなことが腑《ふ》に落ちた。

「そうだったのね。でもそれでも……あのひとの役に立てるのなら、嬉しいわ」

「お前なぁ、まったく！　そういう自己犠牲的な考えが、変な男を引き寄せるのだ」

お玉さんはぴしゃりと、自分の顔を叩《たた》いた。

「毅子《つよこ》は言っていただろう？　鬼祓いの術は過去の遺物だ、と。そんな力は使わず、普通の娘として生きていくことを望んでいた。それがなぜかわかるか？」

「なぜって、危険だから？」

「お前が、危険を忘れて動き、利用されてしまうお人好《ひとよ》しだから、だ！」

一言一言はっきり言ったお玉さんは、深々とため息をついた。

「まあ、どちらにせよ、あの男が抱える問題は、お前にはどうにもできん。病人が医者を求めるように黄桜の血に惹かれたようだが」

ゆるり、と首を振る。

「そんなものは、お前が求める恋でも愛でもないだろう。あの男はまだそのことに気づいていないが、そのうち気づく。再婚なんて幻想は、ゆめゆめ抱くなよ？」

「……ええ、そうね」

なぜか胸がモヤモヤして、苦しいような気がした。

ありすは首を傾《かし》げながら、己の手の平を見つめていると、馬車は黄桜家に到着する。にわかに騒がしくなった。

「なにかしら？」

呟《つぶや》いた瞬間、車内に青い炎が出現する。

「おひいさまー、たいへんたいへん!! 嫌な奴らがきてるよぉ!」

ぼんっと音をたてて飛び出てきたのは、豆子《まめこ》と豆吉《まめきち》である。

「なにがあった?」とお玉さんが聞くと、豆吉は報告した。

「おひいさまの以前の婚約者様が押しかけてきています。幽霊退治をしろ、とご立腹なようで」

「また急に来たな」

「橘《たちばな》さんが対応しています。おひいさまはお隠れになってください、と伝言です」

ありすは目を閉じた。

気遣いは嬉しいが、除霊の約束をしてしまったのは自分である。まさか押しかけてくるとは思わなかったが、逃げているわけにはいかないだろう。

「いいわ。わたしが話します。準備をするから、少しお待ちいただいて?」

「なら、伯爵の奴を呼んできてやる。それまで隠れていろ」

お玉さんの意外な申し出に、ありすは驚く。

「……いいの?」

「あの伯爵は分をわきまえている。理由はどうあれ、お前のことを守ろうとするだろうから、元旦那を抑えるにはちょうどいい」

ただし除霊が終わったら距離を取るんだぞ、と念押しすることは忘れず、お玉さんは伸びをした。灰色猫の器を脱ぎ捨てる。

「我輩の服の保管は頼んだぞ？」

ありすが応える前に白金の霊体になると、お玉さんは夕焼けの彼方《かなた》に消えるのだった。

◇◇◇

恋はひとを愚かにするという。

けれど、あの男の執着は恋のそれではない、あの瞬間までは。

虚空を駆けながら、お玉さんは朱色に染まる帝都を見下ろす。

空を駆ければ、馬車よりも、自動車という鉄の馬よりも早く目的地へと辿《たど》り着ける。その爽快感に口元を緩め、牙を覗《のぞ》かせた。

「あちらにも釘《くぎ》を刺すか」

ありすには、一臣のそれは恋ではないと断言した。

けれど、あの瞬間——ありすが一臣の秘密を受け止めた瞬間、一臣の目の色が変わった気がしていた。

それは何かを崇拝するような、恋をするもののそれにも似ていたのだけれど、

「毅子よ、お前が我輩の立場でも反対するだろう？」

たとえそれが恋だとしても、ありすが苦労するのは目に見えていた。それならば、やることはハッキリしていた。

空泉邸の敷地《しきち》に降り立つと、伸びをしながら空気の匂いを嗅ぐ。

彼の匂いは独特だ。居場所はすぐに知れた。

「おい」

ひとりバルコニーにたたずむ一臣は、物思いに耽《ふけ》っていたようだった。

お玉さんの声に顔を上げたが、姿を確認できず、不思議そうな顔となる。この姿はひとの子には視《み》えないのだ。

彼の反応には構わず、お玉さんは自分の体に一臣を乗せる。

「つかまっていろよ？」

「……あやかしの猫様、ですか？」

「ああ」

応えるなり、空へと飛び立つ。

それは、急いでありすの元に戻らねばならないにしても暴挙だった。

事情も説明されず、視えないお玉さんの毛皮に捕まって、本来地を這《は》って歩くひとが空を飛んでゆくなんて。

しかし一臣は動じなかった。

「僕をどうするのですか？」

万が一、振り落とされれば、ただではすまないことはわかっているだろうに。

「僕を、殺すのですか？」

生憎《あいにく》と、お玉さんは『善き者』を害することはできない。そのことを教えてやる気はさらさらなかったが、

「お前は殺されたいのか？」

冷静な声音に、少し脅かしてみたくなる。

その結果は、ある意味、最悪だった。

「いいえ。ありす様のご家族に、そんなことはさせられません」

死への恐れはなく、ただただありすへの気遣いだけがある声。

ありすも己の危険に無頓着なところがあるが、この男はそれ以上である。

いささか呆《あき》れてしまった。

「お前は、ありすが好きなんだな」

「はい、とても」

躊躇《ためら》いなく返されて、鼻白む。一瞬、本気で空から落としてやろうかと思ったが、

「けれど、僕という存在は、いつか、彼女を苦しめるように感じています。彼女はとても優しいから……」

その苦しげな声を聞いたのが、ありすであったのならば容易《たやす》く同情したことだろう。しかし、お玉さんが流されることはない。

「それがわかっているのならば、お前はありすの前から立ち去るべきだ」

「……ええ、仰《おっしゃ》る通りです。けれど」

「なんだ？」

「霧島氏の件が片付くまでは、ご猶予をいただきたいのです」

「まあ、あれはよくない男だからな」

お玉さんはふ、と笑う。

松也がつきまとっているうちは、ありすのそばにつけて牽制させようと思っていたが、彼もまた同様に感じていることが好ましかった。

「ありすを守りたいか？」

「はい」

お玉さんは鬼を身の内に取り込んだ男など、危なっかしくて、胡散臭《うさんくさ》くて仕方がないと思っている。しかしその気質自体はそう悪くなかった。

「今しばらく見逃してやる。せいぜい、ありすのために働け」

◇◇◇

除霊の基本は、共感による解放である。

死者を縛る未練を知り、断ち切ることで、本来の姿へと返す。

彼女の未練はなんなのかしら？

禊《みそ》ぎをして真新しい衣に着替えると、ありすは香箱の前で思案する。

松也に取り憑《つ》いている三人の女性。

新橋《しんばし》の芸者、菊千代は流感で亡くなったと、自ら言っていた。

近衛《このえ》家の子爵令嬢は調べたところ、去年の秋に自宅の階段で転倒して亡くなったようだった。

彼女たちは自ら喋《しゃべ》るから、その未練が想像できる。

松也に対する恋心だ。けれど、もうひとり。

血赤珊瑚《さんご》の花嫁簪《かんざし》の幽鬼は、物言わぬために、どこの誰であるかも調べられなかった。

「どうしたものかしら？」

除霊はその性質上、生前を知る者の協力があったほうがうまく進む。墓前に花を供えるだけでも死者は慰められるのだ、本来であれば。

以前ならば、彼女たちの生前を知る松也に、ありすは助力を求めたはずだ。しかし、空泉家訪問の際、一臣からあることを聞かされたのである。

『霧島氏には噂《うわさ》があります。彼は事業を優位に進めるために、自分に好意を寄せるご婦人を利用していたようなのです』

あまり信じたくない話である。

しかしもし彼女たちの未練にそのことが関わっていて、松也がそれを否定したとしたら、彼女は救われない。下手をすると、悪霊となるかもしれない。

ありすは吐息をこぼして、香箱から紫紺の練り香を取った。

紫紺の香は眠りへと誘う効果がある。そして、小さな鈴が揺れる朱色の組紐《くみひも》を手に取っていると、橘が声をかけてきた。

「ありす様、空泉伯爵を洋館へお通ししました」

黄桜家の洋館は、特別なお客様が通される場所である。

特別というのは、身分が高い人の他に、あやかしや除霊が必要な相手も含まれる。要するに人目を避けたいときに使用する場所だった。

松也はすでに洋館の一室で待ってもらっている。

「お父様は？」

「まだ、お戻りになっておりません」

「……そう」

夕刻である。現当主であり、鬼祓《ばら》いができる父に相談したいところだったが、今日は遅くなると聞いていた。

わたしに除霊できるかしら？

そう思うもののやるしかない。ありすは心細さを押し殺し、洋館へと向かった。

「あちらです」

「あ……」

橘が指した部屋の前には、一臣が立っていた。そばには猫足の赤い椅子があって、お玉さんがふんぞり返っている。

ありすの緊張していた頬が緩んだ。

「一臣様、申し訳ありません。こんな時間にお呼び立てしてしまい……」

「とんでもない。頼ってくださって嬉《うれ》しいです」

穏やかな青い瞳を見つめていると、心が落ち着いていくのを感じた。そのことに戸惑っていると、

「おい！　連れてきてやったぞ！」

肩にお玉さんが飛び乗ってくる。微笑《ほほえ》んだ。

「お玉さん、ありがとう」

「行くぞ」

「ええ」

別室では松也の付き人が居座っているらしい。そちらの対応は橘に任せ、ありすは深呼吸をして扉を開く。

ありすの姿を見るなり、松也は駆け寄ってきた。

「ああ！　ようやく会えた。こんなに遅くなるなんて、どこへ出かけていたんだい？　あれから大変だったのだよ？」

突然、破婚した相手の邸宅に押しかけるなんて非常識である。それを誤魔化すような妙に親しげな言いようであったが、ありすはそれよりも気になることがあった。

前日に視たときよりも、幽鬼の影が濃く視えた。それはつまり、巨悪化しているという

ことで、

「なにが、あったのですか？」

「それが……」

松也は首に巻いたさらしを握りしめた。

洒落者《しゃれ》の松也は西洋の服装を好んでいる。

その日もスーツに中折れ帽、懐中時計と、小物まで西洋的なもので揃《そろ》えているのに、そのさらしだけ装いとあっておらず違和感があった。

それにもう夏だというのに、首にさらしなんて。寒いのかしら？

不思議に思っていると、松也は恐怖に染まった瞳で訴えた。

「また夢に出てきたんだよ、あいつらが。一刻も早く、除霊しておくれよ！」

「承知しました。ですがその前に、幽霊の生前のお話をお聞きしたいのですが……」

すると、松也はあからさまに嫌な顔をした。

「こんなに待たせたんだ。さっさとはじめてくれよ！」

やはり協力を仰ぐのは難しそうだった。ありすはそっとため息を落とす。

「……では、はじめましょう」

◇◇◇

室内には寝台があった。

そこに横になるよううながすと、松也は抵抗をみせた。一臣の目を気にしたらしい。

どうしてここに彼が、と言いたげであったが、ありすはそれには応えず、眠りに誘う香を焚《た》いた。

「除霊に必要となります。眠っているときに幽霊が現れるようですので、しばらくお休みになってください」

重ねて言えば、松也は渋々ながら横になった。納得してくれた、とありすは内心、ほっとする。

除霊をするのに対象者を眠らせる必要はない。それは松也本人が霊を刺激しないようにするための措置だった。

松也はすぐに眠りについた。睡眠不足が深刻だったようで、鼾《いびき》をかいている。

彼を取り囲むように、女の幽鬼たちは佇《たたず》んでいた。

芸妓《げいぎ》の霊と令嬢の霊は、何か喋っているようだったが、その声は虫の羽音のような音で聞き取れなかった。

もうひとりは相変わらず無言であったが、以前より表情が出ていて、うっすらと口元に笑みを刷《は》き、ぞっとするような恐《こわ》いまなざしをしている。

震える指で、懐から組紐を取り出す。

一臣やお玉さんに見守られながら、ゆっくり三度振った。

しゃん、しゃん、しゃん。

組紐についた、ちいさな十五個の鈴の音。その音を聞いていると、雑念が消えて、神経が研ぎ澄まされていくのを感じた。

ひとの声が聞こえてくる。

『ああ悔しい、ああ悔しい。あんなに尽くしたというのに……』

『ああ恥ずかしい、ああ恥ずかしい。甘い言葉に騙《だま》された……』

目を開ける。ぼんやりと曖昧だった幽鬼の表情が、はっきりと視《み》えた。

芸妓の霊は両の眼《め》から涙を流し、令嬢の霊は顔を覆って歯嚙《はが》みしている。

ありすはまた鈴を鳴らす。

清らかなその音に、ふたりは顔を上げる。

「一体なにをそんなに苦しんでいるのですか？」

——やがて、問いかけに応えたのは芸妓の霊だった。

『わたくしはね、売れっ子の芸妓だったの。男なんて、みんな同じ。ちょっと笑えば何でも言うことを聞く馬鹿だと思っておりました。だけどねぇ、松様に出会っちまった』

『私もそう。父が偉大だったから、みんな私を大切に扱ってくれました。ちょっと目をかければすぐに舞い上がって、男なんてみな馬鹿だと思っていた。でも松也様は違っていたの』

芸妓につられて、令嬢も語り出す。

『褒め上手で、女心をくすぐるのがうまいのに』

『思い通りにならなくて、甘え上手』

悪い男よ、とふたりは口にする。

『なにかしてあげなきゃ、という気分にさせるのがうまかった。わたくし、何人も、ご贔《ひい》屓《き》にしてくれる方の秘密を漏らしてしまった。だって、奥さんにしてくれるって言うから』

『私も。事業融資をするよう、お父様にお願いしたの。松也様に、仕事がうまくいけば自信をもって結婚を申し込めると言われて』
『嘘《うそ》だとわかっていたのにね』
『ええ、信じてみたかったの』

『『幸せになりたかったから』』


彼女たちの嘆きに、ありすは心が抉《えぐ》られるようだった。

「わたしも、同じです……」

思わず、言葉が口をついて出た。

「お姫様にしてあげるって言われて、安心しました。彼と結婚すれば、幸せになれると思ったんです」

でも結局はこの有り様、と顔を伏せれば、幽鬼ふたりは目を細めた。

『……嘆くことなんてないわ。あんた、まだ若いんだから』

『ええ、生きているのですから。大切なものを見落とさなければ、どうにかなりますわ』

優しく慰められて、目が潤みそうになってくる。すると、ぷっと吹き出すような音が聞こえた。

お玉さんである。

幽霊が視えない一臣は、一体なにを話しているのですか、と状況をお玉さんに尋ねている。お玉さんは一臣の肩に乗ると、含み笑いをこぼしながら、なにか耳打ちしていた。

ありすは羞恥心で頬を赤らめる。

ええ、わかっているわよ。幽霊に慰められるんじゃなくて、わたしが幽霊を慰めて、除霊しなきゃいけないってことは！

腹に力を込めて、己の感情を抑える。

「わたしたち、騙されていたのですね。恨みたくなる気持ちはわかります。でもそれをしたら駄目なんです。恨み続ければ、恨みはますます増えていって、お二方の魂が汚れてしまいますわ」

ありすは訴える。

どうにか彼女たちの気持ちを変えようとしたが、難色を示された。

『でもねえ、もう少しこの男を苦しめたいのよぉ』

『〝あの子〟の恨みに触れていたら、力が湧いてきましたしね』

『ああ、あんたも？　わかるわぁぁ』

あの子？　それはもうひとりの幽霊のことだろうか？

他の幽霊に影響を与えるなど、よほどのことである。

ありすは無言の幽霊に視線をやると、組紐《くみひも》を一振りし、鈴の音を鳴らす。彼女がこちらを振り返った。

「あなたは、どんな恨みを抱いているのですか？」

答えはやはり返らない。

しかし声は届いているようで、表情を消して、はくはくと口を動かしている。

幽霊たちは深々とうなずいた。

『深い深い、恨みよ。なにがあったかは知らないけれど』

『事情は存じ上げませんが、ときおり彼女の哀《かな》しみが流れてきます』

松也ならばあるいは知っているかもしれないが、眠っている今それは叶《かな》わない。

この喋《しゃべ》れぬ幽霊に引っ張られて、他の方々も成仏しようとしないなんて……。どうしたらいいのかしら。

ありすは除霊の手がかりを失って困ってしまっていると、

「優しく、聡明《そうめい》なご婦人方」

真摯な声が聞こえた。

振り返れば、一臣が幽霊たちに向かって話しかけている。

「本来であれば、優しいあなた方が恨みに呑《の》まれ、この世にとどまることはなかったのでしょう。同じ男として、その男の身勝手さを謝罪させてください。本当に申し訳ありません」

お玉さんから彼女たちの事情を聞いたのだろう。

その瞳は幽霊を映していなかったが、彼女たちに同情し、苦しみから解放されることを願っているのが伝わってきた。

『あなたに謝られてもねぇ』

口ではそう言うが、真摯に謝罪する一臣を、女たちはまんざらでもない様子で見ている。

そして、鼾《いびき》をかいて眠る松也と一臣を、冴《さ》え冴《ざ》えとした瞳で見定めた。

『いい男ねぇ、松様より』

『それに、誠実なひとだわ』

心が揺れるのを見て取って、ありすは前に進み出る。

「おふたりは魅力的です。来世では、きっと素敵なひとと幸せになれます」

どうか、このまま縛られて悪霊になどならないでください。

明るいほうへと戻ってください、と。

そう心の底から願うと、女たちは笑い声を立てた。

『あーあ。もっともっと懲らしめてやりたかったけど、まあ、いいでしょう』

『こんな男にいつまでも縛られていたら、あなたはともかく、私の品格が落ちますしね』

『はあ!? あんたわたくしに喧嘩《けんか》売ってる?』

『あら、喧嘩なんて野蛮なことね。そのような価値が、あなたにあって?』

どこか楽しそうに言い争う幽霊たち。

同じ男性を愛し、振り回されたふたりは、意気投合したらしく、しばらく話し続けた。

そして、松也をこき下ろし始めたそのとき、その体が輝き出す。

――未練からの解放だ。

ふたりは金の粒子となって拡散し、天へと昇っていく。

最期に、ありすに向けられた表情は晴れやかで、

『じゃあね。あんたも頑張んなさい』

『お気遣い、ありがとうございました』

そんな言葉を残し、ふたりは消えていったのだった。

◇◇◇

「終わった……」

どうにか除霊できた、と。

ありすは肩の力を抜いた。吐息をついていると、一臣が近づいてくる。

「うまくいったようですね」

「ええ。彼女たちに声をかけてくださり、ありがとうございます。助かりました」

「お力になれてよかったです……成仏できたのでしょうか？」

心配そうな顔をしている。ありすは自信を持って請け負った。

「はい、未練から解放されました。楽しそうに笑っていきましたよ」

一臣様のおかげです、と微笑《ほほえ》むと、彼の肩の上からお玉さんが釘《くぎ》を刺してくる。

「だが、もう一体残っているだろ」

「……まあね。でも大丈夫よ。霧島様に事情を聞けば、どうにかなるわ」

「そううまくいくもんかねぇ」

「難しくても、どうにかするわ。わたし、除霊して思ったの。ひとを恨んでこの世を彷徨《さまよ》うのは悲しいって」

　女性たちの境遇が、破婚されたときの自分と重なったというのもあった。はじめは一臣を庇《かば》って引き受けたけれど、今は依頼を完遂したいと感じている。

　ありすは香を消して空気を入れ換えると、寝台で眠る松也を起こした。

　久しぶりに熟睡できたからか、松也はすっきりとした顔をしている。

「ありすさん、除霊は終わりましたか」

「ええ、ひとまずは」

「よかった。これで、あいつらから解放される」

「いえ、まだです。ふたりは除霊できましたが、まだひとり残っています」

　寝台から体を起こした松也は、表情を険しくする。

「全員を除霊したんじゃないんですか……？」

「申し訳ございません。おひとりの未練がわからなかったので」

「未練……その、除霊できていない幽霊というのは、どの、女性ですか？」

　松也は青ざめた顔で尋ねた。

「血赤珊瑚《さんご》の花嫁簪《かんざし》を挿した幽霊です。未練を知りたいので、彼女のことを詳しく教えてもらえ……」

「あいつがっ」

松也は目を剝《む》いて叫ぶと、がたがた震えだした。

「あの？」

「は、早く除霊してくださいっ。あいつは、僕を殺そうとしている！」

ありすの手を摑《つか》む。その力の強さに呻《うめ》くと、一臣が彼の腕を摑んだ。

「落ち着きなさい」

「これが落ち着いていられるかっ。これを、見ろ！」

松也は首に巻いていたさらしを取る。

ありすは息を呑んだ。

さらしの下から露《あら》わになったもの。それは――

首を絞められたことで残った、手の平の痕だった。

◇◇◇

松也は女の幽霊に追いかけられる夢を夜ごと見ていた。

いくら走っても距離を離すことができず、疲れ果てて目覚める日々。

あるとき逃げるのに疲れてしまったという。どんな顔で自分を追いかけているのか見てやろうじゃないか、どうせ夢なのだから大丈夫だ、と高をくくったのだという。

立ち止まると、女は嬉《うれ》しそうに松也に抱きついてきた。

決して逃がすまいと笑う瞳。そして、松也の首に、氷のように冷たい指が絡みついてきて、

「苦しくて苦しくて飛び起きると、首にこの痣《あざ》が残っていたんだ……」

松也は泣きながらそう訴えた。

「大丈夫ですよ、坊ちゃん」

部屋にはお茶が運ばれ、橘が松也のお付きの男を連れてきていた。

ありすに破婚を告げにきたときの使者、生島《いくしま》だった。じろりと、無遠慮な目付きで見られてありすは緊張したが、松也は甘えるように彼を自分のそばに引き寄せた。

「ああ、お前がいてくれて助かっているよ。でも夢の中までは、僕を守れないだろう?」

そう生島に嘆くと、ありすに向き直った。

「ねえ、僕はこのままでは殺されてしまうよ。一刻も早く、除霊してくれ。いや、除霊してください!」

「……ご事情はわかりました。では彼女のことを教えてください。除霊に必要なことなの

です」

「それが……よく覚えてないんだ」

「覚えていないとはどういうことでしょう?」

先に成仏したたちの女性たちの嘆きを聞いて、ありすは松也に対して不信感を覚えていた。彼女の非難の視線に、生島が庇うように応える。

「坊ちゃんは女性に好かれやすいのだ。そういちいち覚えているわけないだろう」

「でも除霊をするのに、彼女が誰か、どういった未練をもっているか知る必要があるんです」

「それがわからないと除霊はできないのかい？」

松也の聞き方は、どこか試すような嫌な響きだった。ありすはむっとしながらも、うなずいた。

「はい。わたくしにはできません」

除霊はお引き受けできません、と言い切ると、松也は慌てた様子で、生島に目配せをした。

「坊ちゃん、調べてみましょう」

「ああ、そうだね。ありすさん、少し時間をくれないかい？」

「……ええ、それは構いませんが、毎夜、夢に現れてお困りなのですよね。大丈夫なのですか？」

少し前まで殺されると騒いでいたとは思えぬほど悠長である。松也は当然の顔で言った。

「先ほど、ありすさんが焚《た》いていたお香。あれはいいね。久しぶりに悪夢を見ずに眠れたんだ。少し分けてくれないかい？」

どうやら香を焚けば、幽霊は出てこないと思っているらしい。そんな効果はないはずだが、ありすは了承した。

「じゃあね。彼女のことがわかったらすぐに連絡するから、すぐに除霊してくれよ？」

そう念押しすると、松也は拍子抜けするほどあっさりと帰っていく。

その翌朝である、彼から連絡があったのは。

まるではじめから心当たりがあったかのように、彼女の住んでいる場所を知らせてきたのである。

一体、彼は何を隠しているのだろう。

ありすは言いようのない不安に、瞳を伏せるのだった。

第四章　印刷所の娘

ありすたちが深川《ふかがわ》に向かったのは、松也《まつや》から連絡を受けた翌日——霧雨《きりさめ》が降りしきる真昼のことだった。

一臣《かずおみ》が運転する車の助手席にはありす、そして後部座席には、河童《かっぱ》の水無蔵《みなぞう》が細い目を興味深そうにすがめ、車の中を見回している。

「快適快適」

『我輩《わがはい》はやることがある。伯爵と出かけるのなら、水無蔵をつれていけ』

お玉《たま》さんに言われ、つれてきたお目付役が河童であることを、ありすはまだ一臣に伝えていない。

水無蔵は青白い顔をしていることと水分補給を小まめにするところ以外はいたって普通の書生姿の青年であったから、目的地の深川に詳しい友人と紹介しただけである。

実際、水無蔵は深川に詳しかった。主にゴシップに関して。

『隅田川《すみだがわ》を流れているとなぁ。風にのって、面白い話が聞こえてくるのさ。浅蜊屋《あさりや》のタミさんがいい語り手なんだ』

隅田川沿いにある〈浅蜊屋〉は、うまい深川飯と、旬のゴシップを提供してくれる繁盛店とのことだった。ひとに紛れ、あやかしたちも通っているというが、本当だろうか。

お金はどうするのかと聞いたら、ごにょごにょと誤魔化されてしまった。

情報収集のために、そこで昼食を取ることになっていた。

「前々から行ってみたかったのだ。馳走《ちそう》になるぞ」

朝から水無蔵はこればかりだ。ありすは苦言を呈した。

「水無蔵？　目的はやえさんの話を聞くことなのを忘れないでよ？」

松也が言うには、問題の幽霊は、深川の印刷所で働く男のひとり娘――やえではないか、とのことだった。

それをありすから聞かされたお玉さんがたまたま水無蔵にこぼし、これに水無蔵が大いに反応した。半年前に、タミから聞いたらしい。

「それにしても、印刷小町のお相手がおひいさんの元旦那だったとは。ほんとうに、おひいさんの男を見る目は散々だ……」

やれやれ、と水無蔵はため息をついている。ありすは気まずくなって車窓に視線を流していると、一臣が運転をしながら問うた。

「印刷小町、ですか？」

「ああそうさ。木坂印刷所の娘のやえは、深川では評判の小町娘でな」

父親は職人気質の無口な男であったが、やえは愛嬌《あいきょう》があって鼻筋がすっと通った美しい娘であった。

母親を早くに亡くし、父ひとり、子ひとりという境遇から、印刷所の手伝いをよくやり、身持ちが堅く、親孝行者のよい娘だと言われていたという。

「親父《おやじ》さんは、印刷所で働く若い男と、娘をいっしょにさせようとしていたそうで、娘も受け入れていたらしいが、ある日突然、若い実業家の目に留まって、求愛されたという話で」

若く、見目よく、金もある。

三拍子そろった男に熱く求愛されて、恋に不慣れな真面目な娘が落ちてしまった。

「だが身分が違う。住む世界が違う相手となんて幸せになどなれっこない。そう親父さんが必死に止めたというのに、娘はまだ齢《よわい》十八という若さだ。くわえて、今まで真面目で、浮ついたことなど縁がなかったのだろう。娘は周りの制止を振り切って家を飛び出してしまった」

水無蔵の語りは次第に熱を帯びていった。

ありすははじめ引き込まれるように聞いていたが、ふと我に返った。

……水無蔵ったら。普段は冷静なのに、どうしてこう噂話《うわさばなし》になると熱くなってしまうのかしら？

タミから聞いた話だというのに、まるで見てきたかのように語っている。

隣を見ると、相づちを打っている一臣も、少し苦笑しているようだった。ところが水無蔵の次の言葉に、表情が厳しくなる。

「だがな、娘が本気になったら、男は逃げてしまった。都合が悪くなったのだろう。可哀《かわい》相《そう》なのは娘だ。家に帰ることもできず、男からもらった幾ばくかの金で、ひもじく長屋暮らし。しばらくして、誰にも看取《みと》られず亡くなったそうだ」

「……水無蔵さん。その娘さんがどうしてお亡くなりになったかはご存じですか？」

「そこまでは知らぬが、浅蜊屋のタミさんならご存じだろう」

そのことも確認しなければ、とありすは吐息をこぼす。

あの喋《しゃべ》れぬ幽霊を成仏させるには、その生前をよくよく知る必要があった。本来ならば、松也に事情を聞き、心から詫《わ》びさせるのが一番なのだが、彼はすっかり逃げてしまっている。

こんな無責任なひとだったなんて……！

気づけば女性に惚《ほ》れられていたと言っていたが、やえに関しては話がまったく違っている。その辺りが心苦しかったから、口をつぐんでいたのだろう。

『お前は男を見る目がない』

お玉さんの声が聞こえてくるようだった。

そのお玉さんは、水無蔵から話を聞いてからはさらに警戒して、松也を監視してくると出かけていった。

これ以上、変なことにならないといいのだけど……。

ありすは深々とため息をつくのだった。

◇◇◇

徳川《とくがわ》の時代から深川飯を提供する〈浅蜊屋〉は、昼時がだいぶ過ぎているというのにほとんどの席が埋まっていた。

仕方なく外で待とうとしていると、年の頃、四十ほどの女性が慌てた様子でやってくる。

「お客さん、こちらにお席をご用意しますんで！」

紺の前掛けに、白い手拭いを頭に巻いた女性は、明らかに上流階級の、異国の血が混じる風貌の一臣を見て、目を丸くしている。

「外で待ちますので、お気遣いなく」

「いえいえっ。あなたみたいな綺麗《きれい》なお方に外で待たれたら、お客さんが集まってきてしまいますよ！」

そう言って一臣の背中を押すと、半ば無理矢理、店の奥に通したのが、水無蔵の言っていた語り上手のタミさんだった。

「こちらさんに、深川飯三人前ね！」

瞬く間に注文を聞き出すと、タミはさっさとその場から離れていってしまう。大忙しのようだ。

ありすたちは昼食をゆっくりとって、店が落ち着くのを待つことにした。

どんぶりが三つ、すぐに運ばれてくる。

一臣は飾り気のない器を、しげしげと見つめた。

「こういった食事は、はじめてです」

白い葱《ねぎ》と生のあさりを味噌《みそ》で煮込み、熱々のご飯にぶっかけた深川飯は、あさり漁の漁師たちが食べ始めた庶民飯である。

一臣のような、上流階級の人間が食べるようなものではないだろう。

「すみません、お付き合いいただいて。お口に、合いませんよね？」

「そんなことは！　とても美味《おい》しいです」

その言葉に嘘《うそ》はないようで、一臣はほかほかと湯気をたてる深川飯を、美味しそうに食べている。それに、と呟《つぶや》いた。

「食事はいつもひとりで取っているので。おふたりとご一緒できて嬉《うれ》しいです」

「まあ、飯はひとりより、大勢で取るほうがうまいわな」

水無蔵はどんぶり飯をかっこみながら、かかと笑う。あっという間に完食すると、二杯目を注文する。

「おひいさん、おかわりしてもよいよな？」

「聞く前にしてるじゃないのっ」

完食の早さに何杯食べる気かしらと、ありすは己の懐が心配になる。すると、一臣は笑顔でうなずいた。

「こちらは僕が支払います。ありす様も思う存分、召し上がってください」

「いえ、そんなっ。自分の分は自分で」

「僕は働いているので。少しくらい格好をつけさせてください」

さらりとありすの言葉を遮った一臣は、ふと気づいたような顔になる。

「そういえば、水無蔵さんは、豆子《まめこ》さんと同じなのでしょうか？」

「豆子と、同じ？」

問いの意味がわからず、ありすは首を傾《かし》げる。

「ええ。知人と仰《おっしゃ》っていましたが、もしや、ありす様のご家族なのではないですか？」

たしかにその通りである。豆子や水無蔵は幼い頃からずっといっしょの家族ではあったのだけど、

「……なぜそのように思うのですか？」

「ありす様がとてもくつろいでいらっしゃるので。それに、ありす様のことを水無蔵さんはおひいさん、と。豆子さんはおひいさまと呼ばれています。それは、自分たちの『お姫様』ということなのかな、と」

鋭い指摘に、ありすは目を瞠《みは》る。そして、

「もしかすると、豆子さんや水無蔵さんも、あやかし様なのでしょうか？」

小声で問われ、硬直した。冷や汗が流れてくる。

「ど、どうして……」

ありすが追い詰められていくのを見て、一臣は困ったように眉を垂らした。

「以前、豆子さんとお話ししているときに、彼女の持っていた料理が、別の場所に移動し

たような気がしたんです。見間違いかと思っていたのですが、あやかしの猫様とお会いして、彼女もそうだったのかな、と」

その声音には、あやかしに対する嫌悪感も、ありすを批判するような響きもなかった。それどころか、楽しげでさえある。

「もし僕の想像通りだったとしたら、ちいさな豆子さんは、僕よりも年上の女性だったのでしょうか？　子供扱いをしたのは失礼でしたね」

「そんなこと気にしなくても大丈夫です！」

気にする点がずれている気がして、ありすは唖然《あぜん》としてしまった。

「あやかしはその姿が精神に影響されるんです。子供の姿の豆子は子供ですから」

そうなのですか、と口元に手を当てる一臣を、水無蔵は箸を持つ手をとめて、物珍しそうに見ている。

「お前さんは、あやかしを恐れないのか？」

「そうですね……」

一臣はしばし考えてから、言葉を選ぶようにして答えた。

「豆子さんや、水無蔵さんは恐《こわ》くないです。なにかされたわけでもないですし、恐がる理由はないかと」

「……まあな」

水無蔵は少し目を泳がせて、ぽりぽりと額をかいた。

「ひとの子は無闇やたらに、あやかしを恐がるのが普通でな。それにお前さんは、身の内に、よくわからんものを住まわせているのだろう？」

「み、水無蔵!?」

ありすはひやりと肝を冷やす。一臣の顔をうかがうと、彼は困ったように笑った。

「確かにそうですが、それと、水無蔵さんや豆子さんを、同じくくりで恐れるのはまた違うかと。それに僕は、経験上、ひとを恐ろしく感じることのほうが多いのです」

重々しい言葉に、水無蔵は納得したようだった。

「ひとにもタチの悪いのはいるわな。おひいさんの元旦那なんかは、外面がいいから、ひとの子は騙《だま》されるんだろうが、碌《ろく》な感じはせんよ」

「彼のお父上はきちんとした方なのですが……」

「あれの父親のほうとも面識があるのか？」

少しだけ、と一臣は躊躇《ためら》いがちにうなずいた。

「霧島《きりしま》家との事業を取りやめにしたのですが、その件で先代からご相談を受けました」

「泣きつかれたか。それで事業は継続か？」

「いえ。今回は見送りました」

「賢明だなぁ。あの男は危なっかしい感じがするよ」

爪楊枝《つまようじ》で歯の掃除をしながら、水無蔵はにやりと笑う。

「それに、おひいさんを公衆の面前で振った奴だしな」

「………ええ」

しばらくしてうなずいた一臣を見て、水無蔵はぶひゃひゃひゃ、と笑い出した。

「お玉からいろいろ聞いていたが、わしはそんなにお前が嫌いじゃないな。――なあ、おひいさん」

水を向けられて、ありすは咽《む》せる。急に話をふられても！

慌ててお茶を飲んでいると、ちょうど横を通ったタミが笑った。

「あらあら、なんだかういういしいわね。わたしの若い頃を思い出すわ」

「……あの！」

ありすは顔を赤らめながら、彼女に話を聞けないか、と切り出した。

「いいけど？　もう店も落ち着いているし」

一体なにが聞きたいの、と。

あっさり引き受けてくれた彼女だったが、『やえ』のことを知りたがっていると知ると、顔を強《こわ》ばらせた。

「なにあんたたち？　やえちゃんを振ったあの男の関係者？」

警戒を露《あら》わにする女性に、水無蔵が両手を振って取りなした。

「いやいや違う。関係者というよりも、どちらかというと被害者だ」

水無蔵が意味深にありすをちらりと見ると、タミは何やら察したらしい。

急に真剣な顔となって、ありすににじり寄った。

「お嬢さん……」

「は、はい」

「悪いことは言わないから、あの男とは手を切りなさい。やえちゃんみたいに、自ら命を絶つほどに追い込まれてしまったら、おしまいだよ？」

「自ら、命を絶つって……」

ありすたちは顔色を失う。

「やえさんは、自殺だったんですか？」

タミは沈鬱な面持ちでうなずくのだった。

◇◇◇

木坂印刷所は浅蜊屋からほど近く、木坂一家はやえの母親が元気な頃から浅蜊屋の常連であった。

「木坂の親父《おやじ》さんは本当にやえちゃんを可愛《かわい》がっていてねぇ。この子を任せられる男は自分の目で見つけてやるんだ、というのが口癖だったの。そのお眼鏡にかなったのが、同じ印刷所で働いていた島田寛吉《しまだかんきち》くん。この子が、親父さんと同じで無口なんだけど、またいい子で」

長い間、彼らを見守っていたタミは、深々とため息をついた。

「やえちゃんも満更じゃないのだと思っていたんだけどね。一度、見せてくれたのよ、お母さんの花嫁簪《かんざし》を」

「花嫁簪ですか？」

ふと思い当たりありすが尋ねると、タミは詳しく教えてくれた。

それはやえの両親の婚礼の際にあつらえられた。

珊瑚《さんご》の中でも稀少《きしょう》な血赤珊瑚をあしらった見事な銀細工の簪で、やえは母の形見として譲られて、婚礼の儀のときに使うのだと言っていたという。

「そんな話をするからさ。そろそろ島田くんといっしょになるもんだと思っていたの。それなのに実業家と恋仲になんて。まあ、若い女の子が舞い上がりそうな見た目ではあったけれど」

その後は水無蔵の話していた通り、やえは父親と喧嘩《けんか》となり、家を飛び出たという。

その二ヶ月後のことだった。——ひとり暮らしていた長屋で、やえが首を吊《つ》っているのが発見されたのは。

「ほんとうに貧しい暮らしをしていたみたいで。お母さんの形見の簪も売ってしまったようで、手元になかったそうよ。それで親父さんもがっくりきちゃってね。自分が、娘の恋を認めなかったから、あんなことになったんだって言っていたわ……」

「そう、なんですか」

ありすは目をつぶった。

娘の結婚を期待する、優しい晴信《はるのぶ》のことを思い出していると、水無蔵が神妙な面持ちで問うた。

「やえさんにお線香をあげたいのだが、木坂家を訪問しても大丈夫だろうか？」

「それは……どうだろうねぇ。親父さん、まだ塞ぎ込んでるみたいだから」

一人娘が亡くなって、まだ一年も経《た》っていない。無理もないことだった。

そう言いながらも、タミは木坂印刷所の場所をわかりやすく教えてくれた。

「お話ししてくださって、ありがとうございます。ご飯、美味《おい》しかったです」

ありすは丁寧に礼を言うと、店を後にする。

水無蔵がのれんを片手で持ち上げながら、さて、と呟《つぶや》いた。

「おひいさん、どうする？　帰るか？」

「いいえ」

ありすは拳を握りしめる。

やえは死んだ今もなお苦しみ、この世を彷徨《さまよ》っている。それをどうにかしたい、と強く感じていた。

やえさんの未練とはなんなのだろう？

除霊とは、死者の気持ちに寄り添い、共感することで、呪縛から彼らを解放する。

そのように祖母には教えられたのだけれど、ありすは自ら命を絶とうと思うほどの苦しみを知らない。知らないままで、なにかできるのだろうかと思いながら、タミに教えられた道を進む。

やがて、木坂印刷所と書かれた看板が見えた。

紺色の瓦屋根。ずいぶんと古い家屋で、土塀があちこち剝がれている。

「ありす様、ほんとうに行かれますか？　……深入りする必要はないのですよ？」

一臣は心配そうな顔をしている。

大丈夫です、と。ありすは一臣を安心させようと微笑《ほほえ》んでみせたときだった。

「おい！　うちに何の用だ？」

剣吞《けんのん》な声に振り返る。

こちらを睨《にら》んでいるのは、二十歳になるかならないかの若い男だった。小柄だが体格がよく、藍色の作業着から、木坂印刷所の職人と思われた。

「あの、わたしは……」

ありすの言葉は途切れた。その男の背後に、灰色の靄《もや》が視《み》えたからである。

あれは……やえさん？

ふいに、それと目が合った気がした。風が、吹き抜ける。

「え……」

ありすは息苦しさを覚えた。それはまるで、誰かに首を絞められるような感覚で。

「や、やめてっ」

「あ、ありす様！」

視界が暗転する。ありすはその場に崩れ落ちるのだった。

◇◇◇

ありすは夢を見ていた。

ひとりの娘の一生を、まるで我がことのように。

彼女は、母を五つのときに亡くし、父とふたりで暮らしていた。周りはそれを寂しいだろう、可哀相《かわいそう》にと思っていたようだが、そんなことはなかった。

父の職場も兼ねた自宅には職人たちがいて、職人の子供も手伝いにきていたから、賑《にぎ》やかな毎日を送っていた。

彼らはみな優しく、働き者だったから、彼女も頭を撫《な》でられながら、家の手伝いをよくしたものだった。

職人の子供のひとりは、彼女と同い年の男の子だった。

子供の頃は男も女もないものでいっしょに遊んでいたが、年頃となるとそのことが気になってくるものである。

それでも色恋沙汰にはならなかった。

今の関係が大切で、壊したくなくて、そういった感情に蓋をした。

十七となったとき、さざ波が立った。見かねた父が、ふたりに夫婦《めおと》となるように言ってきたのである。

『お前がしあわせな花嫁さんになることを、母さんも望んでいたよ』

父から血赤珊瑚の花嫁簪を渡されたとき――あのとき恥ずかしがらず、うなずいていればよかったのに。

父が言うままに祝言をあげていれば、あんなことにはならなかったのに。

幼い頃は自分より背が低かった男の子は、彼女を見下ろして、こう言った。

『やえは美人だ。愛嬌《あいきょう》もある。親父さんはああ言っているけど、自分で相手を選んだほうがいい』

それを拒絶と取ってしまった。それで、意地を張った。

少しして、父の元に大きな仕事が入った。

持ってきたのは、若い実業家の男だった。華やかで、整った顔をしていたが、なんとなく自分を見る目が恐《こわ》い気がしていた。

何度か食事や観劇に誘われて、仕事の依頼者だから強く出れなかったが、やんわりと断っていた。

それでも噂《うわさ》は立って、父や彼は誤解したようだった。

ある日、父と喧嘩をし、ひとり歩いていたところ男とばったり出くわした。食事の誘いを断り切れず、少しだけとつきあって——気づけば眠ってしまった。

そして、過ちを犯した。

ほんとうは、寛吉さんのことが好きだったのに。

彼と顔を合わせられなくなって、家を出てからはまるで転がるように、悪い方へ、悪い方へと。

けれど、まだこのときは引き返せたのに。

ぼろぼろになっていたとき、あの男を見かけて、聞いてしまったのだ。

『馬鹿な女だよ。ちょっと優しくしたからって、変な勘違いをして家を飛び出るなんてね。あんなのは、大人の遊びだよ？』

『遊びにしては、坊ちゃんも手を尽くしてましたよねぇ。噂を立てたり、恋仲だった職人の男に釘《くぎ》を刺したり。……女に、薬も盛りましたよね？』

『遊びでも狙った獲物は、落とさないと気が済まないんだよ？』

男の嘲笑《あざわら》う声に、頭が真っ白になった。

そして――

◇◇◇

白檀《びゃくだん》の香りに、ありすは覚醒した。

見覚えのない畳の部屋に寝かされている。質素ながらも日の匂いのする、薄い布団。顔を巡らせると、広い背中が見えた。

一臣である。

仏壇の前で、手を合わせているようだった。

視線に気づいた彼が振り返る。心配そうな顔となった。

「大丈夫ですかっ、ありす様！」

「え、ええ……」

倒れたことをなんと説明しようか言葉を探していると、襖《ふすま》が開けられた。

「お、起きたか」

やってきたのは水無蔵で、その後ろには先ほどの職人の男が、むっつりとした顔でお盆を持っている。

ありすの前に、湯飲みを差し出した。

「これを飲んだら帰ってくれ」

つっけんどんな言い様だが、倒れたありすを家にあげてくれたのだから、善良な男なのだろう。

このひとが、寛吉さん？

夢の中で見た顔だった。

はじめて会うのに親しみを感じるのは、夢の名残を引きずっているからか。

やっぱり、さっきの夢は、やえさんの記憶……？

とても哀《かな》しい夢だった気がするが、具体的には思い出せなかった。なにかとても重要なことを見た気がするのに。

ありすが懸命に記憶を探っていると、水無蔵が寛吉に話しかけた。

「彼女はさっきも話したとおり、体が弱くてなぁ。体調を崩しているところを、やえさんに助けられたことがあったんだ。それで近くに寄ったから、線香だけでもあげたいそうなんだが……」

軒先で倒れたありすは、水無蔵によって病弱ということにされたらしい。

印刷所の娘と、男爵家とはいえ貴族の末端にいるありすに、接点などまったくないのだから、出先で親切にしてもらったというのは納得されやすいと思われた。

「え、ええ。やえさんには本当によくしていただいたんです……」

嘘《うそ》をつくことに引け目を覚えたが、ありすはいかにも儚《はかな》い風情で、頬に指先を添えた。

「とても優しくて、いいひとでした。こんなに早く亡くなってしまい、残念でなりません。ご冥福をお祈りします」

無難な言葉を選んで発言したつもりだったが、寛吉は顔をしかめた。ありすが困った顔で見つめていると、

「やえは、色と欲に目がくらんで家を飛び出た女だ。あげく自死なんてして、こっちは迷惑している」

「――な！」

あんまりな言葉に、ありすは憤りを感じる。しかし何か言う前に、水無蔵が窘《たしな》めた。

「あまり死んだ者を悪く言うな。……それじゃあ、成仏もできまい」

目を伏せながら、部屋の片隅に視線を走らせる。ありすがそちらに目をやると、いつの間にか、薄い靄がたたずんでいた。

やえだ。

表情は見えないが、寛吉を見ているようだった。

その寛吉は胡散臭《うさんくさ》そうに、ありすたちを見回している。

「成仏してないなら、文句でも言いにきてもらいたいもんだよ。おやっさんは、やえが勝手に出て行って、勝手に死んだのに、今も自分を責めているんだ」

つらそうに顔を歪《ゆが》め、拳を震わせて。

「あんなに優しいおやっさんを残して。それも大事にしていたおっかさんの形見の簪《かんざし》まで売ってしまったなんて……そんなの俺が知る、やえじゃない。知らない女だ！」

「きっと！　きっと、なにか事情があったんですよっ」

血を吐くような叫びに、ありすは思わずそう言っていた。言わずにはいられなかった。

残された者の心の傷。

それはあまりにも深く、痛ましかった。

「事情なんて知るか。用がすんだら、さっさと帰ってくれ……」

心配そうなありすから、彼は目を逸《そ》らした。逃げるように、部屋を出て行ってしまう。

ありすは畳に両の指をつき、その後ろ姿に向かって深々と頭を下げた。

「承知しました」

すっと立ち上がり、仏壇の前に移動する。線香に火をつけた。

「やえさん、教えて……」

手を合わせ、目を閉じ、心の中で呼びかける。

あなたの未練はなんですか、と。

残されたひとたちに伝えたいことはありませんか、と。

やえの夢を見たありすは、やえが自分にどうしても伝えたいことがあるように感じていたのだった。

そして、そのときはすぐに訪れた。

立ちのぼる線香の煙が揺れたかと思うと、ありすの頬に、何者かの吐息がかかった。

横目で確認すると、美しい娘の顔がすぐそばに。

はくはく、と。はくはく、と。

白い面の中、妙に赤い唇が動いている。

一体なにを伝えようとしているの？

ありすは懸命に彼女の声なき声を聞き取ろうとして——

ふいに理解した瞬間、忘れていた夢の欠片《かけら》が蘇《よみがえ》る。息苦しさに、喉がつまった。

なんてこと……！

垣間見《かいまみ》えた光景に、涙が溢れた。

「どう、されましたか？」

不審に思った一臣が、仏壇に座り込むありすのそばに近寄る。

はくはく、と。はくはく、と。

女は己の哀しみを訴え続けている。ありすは彼女の言葉を口にする。

「わたしは……きりしま、まつやに……ころされた」と。

◇◇◇

ありすの涙は乾くことはなかった。

印刷所を後にし、一臣の自動車に乗り込んでも、はらり、ぱらり、とこぼれ続ける。その動揺ぶりに、一臣は黄桜邸《きざくら》へと自動車を無言で走らせ、水無蔵は隣に座ってありすの背をさすっていた。

「……おひいさん、話せるか？」

ようやく落ち着きを取り戻したのは、黄桜邸の洋館についてからである。橘《たちばな》がお茶をいれて立ち去るのを待ってから、水無蔵はそう問うた。

いつの間にか、豆吉《まめきち》、豆子の小豆洗いの兄妹《きょうだい》が、ありすの足下で心配そうな顔でいる。

「大丈夫よ……」

そう応えたものの、ありすはぼんやりとティーカップの中で揺れる赤い液体を眺め続ける。一臣は痛ましそうに眉を寄せた。

「ありす様、ご無理をなさらないでください。今日は倒れられたのです。体調もよくないようですし、日を改めてお話を聞かせてください」

「いえ！　体調が悪いというわけでは！」

そういえば、なぜ倒れたのか説明できていなかった。幽霊が視《み》える水無蔵はなんとなく察していたようだが、

「わたしが倒れたのは、やえさんの霊と接触したからです。やえさんは、わたしに夢を見せようとしたのだと思います」

「夢、ですか？」

いつまでも周りに心配させていられない、とありすは深呼吸をする。

「はい。ご自身の生前や未練を、わたしに伝えようとしてくれたのだと思います」

ありすは夢で見てきたことを、彼らに話した。

やえには好きなひとがいたこと、松也の策略で周りに誤解されてしまったこと。そして声が震えそうになりながらも、やえの最期を語る。

「やえさんは、霧島様を糾弾しようとしたようです。それで諍《いさか》いとなって」

目を閉じれば、まざまざとその光景が蘇った。

やえに声をかけられ、狼狽《ろうばい》した松也の顔。逃げ出した松也を追いかけるやえ。やえはその場にいた生島《いくしま》に突き飛ばされ、首を絞められたのである。

そこまで話すと、水無蔵が渋い顔で唸《うな》った。

「長屋で首を吊《つ》っていたというのは、あやつらの偽装であったか……」

「ええ、おそらくは」

ありすが見たのは、やえの生前の記憶。彼女が死んだ後のことはなんとも言えなかったが、経緯を考えて間違いないだろう。

「あと、彼女の手元になかった血赤珊瑚《さんご》の簪。あれは、彼女が生活に困って売ったわけではなかったわ」

「ほう？」

首を絞めようとする生島の手を、彼女は最期の力を振り絞って形見の簪で突いたのである。生島たちが簪を持ち去っていくところまで、ありすは夢で確認していた。

「……なんとひどいことを」

水無蔵はそう言ったきり、黙り込んだ。一臣はありすを見つめて尋ねた。

「それを知って、ありす様はどうされたいですか？」

「どうって……」

胸元で両手を握りしめ、しばらく考える。

「やえさんの未練は、ご家族に誤解されたまま亡くなったことだと感じました。だから、真実を彼らに伝えて、やえさんの汚名をすすぎたいです」

「なるほど……」

「だがおひいさん、それは難しいぞ。見ず知らずの人間に、そんなことを言われても信じるわけがない」

「ええ。だから霧島様に認めさせる必要があります……」

水無蔵は渋い顔をしている。しかし一臣はわかりました、とうなずいた。

「霧島氏が認めざるを得ない証拠を集めさせます。三日待っていただけないでしょうか？それを持って、僕が彼を糾弾します」

思いがけない申し出に、ありすは首を振った。

「そんなことさせられませんっ、わたしが！」

「ありす様、彼は危険な人物です。僕にお任せください」

一臣は厳しい顔をしていた。頑として譲らぬ様子に、ありすは唇を噛《か》む。

「けれどこの件は、わたしが、幽霊が視えるせいで始まったことです。一臣様は巻き込まれただけですから」

そう訴えると、青い瞳が緩んだ。

「視える『せい』ではありませんよ。ありす様が気づかれたから、真実が明らかとなったのです。そして、僕は巻き込まれたのではなく、自分から、ありす様の役に立ちたいと思って動いたのです」

ありすは目を見開いた。

あやかしが視える自分を、そんなふうに肯定されるのははじめてだったから。

一臣は透き通るような笑みを浮かべていた。

「ありす様、僕にできることをさせてください。僕はあなたといると、とても穏やかな気持ちになるのです」

「……では、わたしも同行させてください」

「ありす様」

危険なのですよと、一臣は頑是《がんぜ》無《な》い子供に言い聞かせるように、優しく言葉を尽くした。

けれど、やえの夢を見て、彼女の生前を体験したありすはとても諦めることはできなかった。

「わたし、許せないんです。こんな……こんなひどいわ……」

ありすの胸は哀《かな》しみでいっぱいで、握りしめた拳が震えた。それを見て、一臣は吐息をつく。

「普通のご令嬢ならば諦めてくれるでしょう。けれど、あなたは見ず知らずのやえさんのためにひとりで動いてしまいそうですね……」

普通という言葉に、ありすの肩は跳ね上がる。

わたしはやはり普通ではないから、一臣様にも嫌われる。

そう思って青ざめたありすが見たもの、それは――

「わかりました。では、いっしょに行きましょう」

普通ではない自分を受け入れてくれる、優しい瞳だった。

◇◇◇

「……ええ、迅速に願います。費用はいくらかかっても構いませんので」

懇意にしている記者に依頼すると、一臣は受話器を置いた。

夏の夕暮れ時だった。

窓からは朱色の光が差し込み、空泉《そらいずみ》家当主の執務机は深い飴色《あめいろ》に輝いている。一臣は革張りの椅子に深々と座り、天を仰いだ。

なぜあれほどに、強くいられるのだろう。

ありすの泣き顔が脳裏に浮かぶ。

はじめて会ったときから、彼女は過酷な状況に泣いていた。

けれど、その瞳は決して何者にも屈せず、まっすぐで、一臣の弱い心を震わせるのである。

一見すると華奢《きゃしゃ》で、普通の少女にしか見えないのに。

どこからそんな力が、と幾度驚かされたか。

自分にできるのだろうかと不安そうな顔をしているのに、いざとなると、とても強い。その強さに、一臣は強く惹《ひ》かれている自分に気づいていた。けれど……。

「ご苦労さん」

どこかから声をかけられた。

周囲を見回すが、姿は見えなかった。しかし女中が置いていったサンドイッチが、ふわりと宙に浮いて、咀嚼《そしゃく》音とともに消える。それはまるで、見えない何者かの腹に納められたかのようだった。

一臣は微笑した。

「あやかしの猫様。お姿を見せてくださいませんか？」

「……この姿を見たら、ひとの子は悲鳴をあげるぞ？　うるさいのは好かん」

この姿というのはなんだろう。いつもの灰色猫の姿ではないのだろうか。興味が湧いた。

「決して声はあげません。姿が見えないと、少し話しづらいのです」

ふん、と鼻を鳴らす音がした。それと同時に、白金の見事な毛並みのあやかしが現れる。

燃えるような琥珀《こはく》の瞳に射貫《いぬ》かれ、一臣は息を呑《の》んだ。

「恐ろしいか？」

そう問われ、しばし声が出なかった。

「……恐ろしくないと言ったら嘘《うそ》になりましょう。しかしそれ以上に、心惹かれるお姿です」

「は！　そうか」

満更でもない様子で、猫のあやかしは笑う。鋭い牙が覗《のぞ》き、一臣はぞくりとした。

「ありす様は、すごいですね。あなたのような存在と、普通に接することができるなんて」

「あれはただのぼんやりだ。大嘘つきの元旦那や、お前みたいな危うい存在も警戒できないなんて、生き物としてなっておらん」

「ですが、僕は救われました」

優しく、あたたかなまなざしを思い出すたびに、一臣の孤独は癒やされた。ずっと、いつまでもいっしょにいたい、と焦がれるほどに。

「猫様、僕は彼女にひとつだけ話せていないことがあります」

目を閉じて、残っていた心の澱《おり》を吐き出す。

あの肉を食べて起こった変化は、恐ろしい声が聞こえることの他に、もうひとつあった。

それが一臣が己を化け物だと感じる理由でもあった。

「なにを、話していないんだ？」

あっさりと聞かれて、一臣は嬉《うれ》しくなった。誰にも話すことができない秘密が、一臣を鬱屈とさせていたから。

「それは……」

そのことを口にすると、お玉さんは目を細めた。しかし嫌悪感を見せなかった。それが救いだった。

ただひとつ、確認される。

「……ありすには、話すのか？」

「いいえ」

会ったこともない死者の最期に涙する彼女は、一臣がそのことを話しても受け入れてくれるかもしれない。けれど、

「彼女には幸せになってもらいたいから、話さずに別れるつもりでいます」

「それが、いいだろう」

松也との件が片付いたら、彼女とはもう会わないと、お玉さんと約束している。それはとても寂しいことであったが、ありすと出会って、あたたかな心をもらった。

それがあればこの先、ひとりでも生きていける。それでも、

「あやかしの猫様、またこうして遊びにきてくださいませんか？」

ときどきどうしようもなく孤独となったとき、彼とまた話せたら、と思っていた。

あるいは来なくてもいいから、再会の約束が欲しかった。

「そうだな。あの元旦那を懲らしめられたら、考えてやらなくもない」

「それは、言われなくともやるつもりですが」

そのために証拠を集めているが、やえが亡くなってから時間が経《た》っている。どこまで追

い詰められるかはわからなかった。

するといいことを教えてやるよ、と白金のあやかしは笑う。

姿を隠して松也を監視していた彼は、思いがけないことを教えてくれた。

「我輩《わがはい》は高みの見物とさせてもらう。ひとの子よ、せいぜい足掻《あが》け」

◇◇◇

一臣の訪問を橘が知らせにきたのは、ありすが身支度をしているときだった。

「わかったわ。すぐに行きます」

宣言通り、一臣は三日の内に証拠を集めてきた。昨夜、そう連絡があり、ありすたちはそれを持って霧島邸に向かう予定だった。

除霊の道具も念のため鞄《かばん》にいれていると、ふと、先ほどまで紅茶をすすっていた存在が消えていることに気づく。

「お玉さん、どこにいったのかしら？」

てっきりついてくるものだと思ったのに、その姿はいつの間にかなかった。いささか不安になったものの、一臣を待たせている。さがすのは諦めた。

ありすは部屋を出る。陽光が差し込む廊下を足早にゆくと、露出した足首を意識した。

今日は洋装に身を包んでいる。

格子柄に向日葵《ひまわり》が咲いたワンピース。それにリボンがついた麦藁帽子《むぎわらぼうし》。

それらは昨年購入したものの、足首を出すなんてみっともないと、母に言われてしまい込んでいた服だった。

でも、今日は特別だから。

気持ちで松也たちに負けないように。なにより、今日が一臣と会える最後の日かもしれなかったから。

寂しさがよぎり、ありすの足は止まる。うつむいて、ため息をついていると、尖《とが》った声が聞こえてきた。

「どこへ行くのですか？」

向かいから歩いてきたのは、母の雪子《ゆきこ》だった。

丸髷《まるまげ》に着物と隙のない出《い》で立《た》ちで、厳しい目をありすに向けている。

「それに、その格好はなんです？」

「これは……」

どうしてここにお母様が！

ありすは体が冷えていき、息苦しくなるのを感じた。しかし、

「着替えてらっしゃい」

「い、いやです」

拒絶の言葉は反射的に出てきた。今まで母に反抗などできなかったのに。

そのことに戸惑いつつも、言葉はさらについて出る。

「こういった洋装は貴族の女性たちも身につけはじめています。問題ない服装です」

娘の反抗に、雪子は目を細めた。

「いいえ、問題だわ。あなたはただでさえ、普通とは違っているのです。普通ではないからこそ、少し外れただけでとても目立ってしまう。わかっているのですか？」

普通という言葉に、ありすの胸はぎゅっと締め付けられた。

周りから普通ではないと弾《はじ》かれるのは恐《こわ》い。――少し前のありすならば。

ありすの脳裏に、一臣の優しい微笑《ほほえ》みが浮かんでいた。

「もう、大丈夫です。普通じゃなくても、目立ってしまっても構いません」

そうはっきり言うと、雪子は一瞬怯《ひる》んだように目を逸《そ》らした。が、ため息をついて、ありすをまっすぐに見やる。

「……晴信様から、あなたには今お付き合いしている方がいるとお聞きしました。今日は

その方と会うのではないのですか？　そんな服を着て、反抗的な態度を取っていたら、またこの間のように破局しませんか？」

そう問われて、ありすは考えた。一臣だったらどういうふうに感じるだろう、と。

やがて、ありすの頰に笑みが浮かぶ。

「大丈夫です。あの方は、普通ではないわたしも、受け入れてくださる方です」

そう自信を持って言えたことが、ありすには不思議だった。

なぜか胸はすっきりとしていて、一刻も早く一臣に会いたいと思った。会って、この服を見せたらどんな顔をするだろうと、楽しみに思えた。

実際は霧島家に乗り込むので、そんな話をする余裕などないと頭の片隅でわかっていたが、父のように楽天的に思えたのである。

「――そう」

雪子はそんな娘を見て、口元をほころばせた。ほんの一瞬だけ。

見間違いかと思うほどかすかな微笑みだったが、それは優しい表情で、

「ならばいいわ、行きなさい。後悔はしないように」

そう静かに告げた母に、ありすは深々と頭を下げるのだった。

◇◇◇

「素敵なお召し物ですね。とてもお似合いです」

ありすを見るなり、一臣は微笑んだ。

うぅ、心臓が……。

否定されないとわかっていても、褒められると鼓動が速くなった。頬まで熱くなってきて、ありすは視線を逸らしてしまった。

「ありが、とうございます……」

どうにか小声で返すと、俥止《くるま》まで日傘を差してくれた橘が目を細めた。

「空泉様、ありす様をよろしくお願いいたします」

「はい、承知しました」

「ありす様、いってらっしゃいませ」

一臣に手を取られ、ありすは自動車に乗せられる。一臣はハンドルを握ると、ありすに尋ねた。

「あやかしの猫様はいらっしゃらないのですか？」

「朝はいたんですけど、少し前から姿が見えなくて」

「では、先に行かれたのかもしれませんね」

「そう、ですね」

相棒がいないことに不安を感じていたけれど、一臣があっさりそう言うので、ありすは表情を明るくする。

たしかに、お玉さんにはお玉さんなりの移動手段がある。もしくはちゃっかりと、自動車のトランクに乗り込んでいるかもしれない。

それに、今はお玉さんがいないほうがいいかも。

ふと、ありすは気づく。一臣とふたりで話せるのはこれが最後かもしれないのだ、と。

横浜《よこはま》にある霧島邸到着まで、自動車でも一刻ほどかかるだろう。

その間なにを話そうかと考える。しかし考えている内に、時間はどんどん過ぎていってしまう。

結局、以前待ち合わせをした折に触れることを躊躇《ためら》った件を切り出した。

「一臣様は、甘いものがお好きなのですか？」

「……え」

唐突な質問に、一臣は戸惑った顔となる。

「ええ。実は、好きです。男なのに、甘いものが好きなのはやはり……変でしょうか？」

「いいえ。わたしも甘いものが大好きで、好きなものを共有できて嬉しく感じておりました。一臣様が贈ってくださったお菓子や果物、どれも、ほんとうに美味《おい》しかったです」

「それは、よかったです」

「以前、待ち合わせのお店で召し上がっていた林檎《りんご》パイ。あれもきっと美味しかったんでしょうね」

「美味しいですよ。ぜひ、ありす様も食べに行ってください」

一臣はいっしょに食べに行きましょう、とは言わなかった。それで一臣も、今日で会うのは最後だと思っていることを察した。

その寂しさを紛らわせるように、ありすは多弁となった。

「男のひとが甘いものを好きだっていいと思うんです。変だとか、普通じゃないとか、言うほうが心が狭いのです」

「そういうふうに気遣える、ありす様は優しいですね」

「いいえ、違います。わたしは……昔からあやかしが視《み》えていて、普通じゃないと言われてきたから、そのことに怒っているだけです。自分がされて嫌だったから、人にしないようにしようと思って」

「それが優しいということだと思いますよ？」

「そうでしょうか？」

ありすが首を傾《かし》げていると、一臣は笑みを深めた。

「僕も同じですよ。この見た目でしょう？　奇異な目で見られることは多かった。少しでも他のひとと同じことをして馴染《なじ》もうとしたけれど、無駄でしたね」

「わたしも頑張ってみましたが、無駄でした」

母や姉の琴子《ことこ》に憧れて、けれど、完璧な令嬢になるのは無理だったからせめて後ろ指を指されないよう普通でいようとしたけれど、結局は自分は自分にしかなれなかった。

以前はそれが悲しかったけれど、普通を諦めた今は、妙に清々《すがすが》しい。

そういう気持ちになれたのは、母に言い返すことができたのは、一臣が否定しないでくれたからだと思っている。

「ありす様は、そのままでいいのですよ。自由で、新しいものが好きで、誰にでも優しい。今のままでいてください」

一臣にそう言われて、ありすは胸の内があたたかくなった。

「そう言ってくださって、ありがとうございます」

ありすが一臣に伝えたかったのは、感謝の気持ちだった。

それからは、銀座《ぎんざ》に美味しいチョコレートタルトを出す店があるとか、そういったたわいない話をした。

そして、楽しい時間はあっという間に過ぎていくのだった。

◇◇◇

横浜にある霧島邸には、正午近くになってようやく到着した。

「行きましょうか」

霧島邸の門扉をくぐると、一臣の表情は硬くなる。ありすも歩を進めるにつれて、緊張で鼓動が速くなっていった。

なんだかお屋敷《やしき》の雰囲気が悪くなったような……？

破婚されるまで、週に一度訪れていた霧島家には、気心の知れた女中もいたが、久しぶりに訪問すると、そこに見知った顔はいなかった。

ありすたちを出迎えたのは、生島ひとりきりだった。

「松也様がお待ちです。ご案内します」

丁重な口調だが険しい目付きで睨《にら》まれて、ありすはどきりとする。すると、一臣がありすの前に出た。

それだけで不思議と気持ちが落ち着いた。

『元旦那の件が片付いたら、あの男とは距離を取るんだ』

そうお玉さんには言われている。けれど、ありすはこれからも彼といっしょに色んなものを見てみたいと、強く感じていた。

あやかしが視えるありすを、あやかしを家族とするありすを、こんなにも受け入れてくれたひとは黄桜家の者以外でははじめてだったから。

母でさえ、ありすのことを持て余していたというのに。

……これからもいっしょにいてはだめなのかしら？

鬼の肉という危険なものを食した一臣は、今後どうなるかわからないからこそ、距離を取るのではなく共にありたい。

そう思うのだけれど、ありすにはその気持ちがどういった種類のものかわからず、なぜか口にすることも躊躇われて、ただ前を歩く一臣を見つめる。

こうやっていっしょにいられるのも、ほんとうに、もうあと少しの時間だというの？

その背中に、ありすは無意識のまま手を伸ばそうとする。指が触れそうになったそのとき、生島が立ち止まった。

「こちらの部屋です」

生島が扉を開けた瞬間、咽《む》せ返すほどの強い香の匂いがした。ありすは顔をしかめる。

案内されたのは、松也の自室のようだった。

「ああ……ありすさんか」

もう日もずいぶん高いというのに、彼は寝台に腰を掛けていた。洒落《しゃれ》たスーツに身を包んではいるものの、着乱れている。

なにより、こちらを見上げる眼下は落ちくぼみ、その頬はいっそう窶《やつ》れていた。

「ありすさんにもらった香を、焚《た》いているんだけどね……。いくら焚いても、あいつが夢に出てくるんだよ？　恨みがましい目で、いまいましい。いまいましい……」

血走った目からは、余裕が一切感じられなかった。

ありすが後ずさりすると、彼はにたりと笑った。

「ああでもこんな日々ももう終わり。おい、さっさとしろ！　早くあの女を除霊するんだっ」

突然、怒鳴られ硬直した。動けなくなった彼女の肩を、一臣は引き寄せる。

「やえさんの生家を訪ねました。あなたは恨まれても仕方がない、それだけのことをしましたね」

一臣が睨むと、一転して松也は怖《お》じ気《け》づいた様子でパチパチと瞬きを繰り返す。

「な、なんだよ？　おれはなにも……」

「あなた、いや、あなたたちはやえさんを殺害し、それを自殺に偽装した。やえさんと同じ長屋の住人が、やえさんの家から出て行くふたりの姿を目撃したと証言しています」

調査書を松也の前に広げる。生島が慌てた様子でそれを確認すると、銅鑼声《どらごえ》で威嚇した。

「なにを馬鹿なことをっ。そんなもの、長屋暮らしの貧乏人の妄言だ！　地位と名誉を持つ松也様を妬んで、貶《おとし》めようとしている可能性だって……」

「証言以外にも、しっかりとした証拠があるのです」

一臣は断言すると、つかつかと松也の部屋の中央へと進む。その先にはちいさな丸卓子があって、そこに螺鈿《らでん》細工の箱が置いてある。

「待て！　それはっ」

松也の制止を無視し、一臣は箱を開けた。あ、とありすは驚きの声を上げる。

そこから出てきたのは、血赤珊瑚《さんご》の簪《かんざし》だった。

二又の軸の部分がひしゃげて、黒ずんでいるものの、まさに、ありすが夢の中で見た、生島の手を突いたそれだった。

「これは、やえさんの元から紛失していた、お母様の形見の簪です。やえさんは襲われたとき、これで相手の手を突いた。生島さん、あなたが怪我《けが》をし、医師の治療を受けたことは、すでに確認が取れています」

松也は焦った顔で、生島を見つめる。生島は真っ赤な顔で首を振った。

「確かに俺は怪我をした。だが！　その、やえとかいう女とは関係ない。仕事のときに、不注意でやったんだ」

「いつどこで怪我を？　詳しくお聞かせ願えますか？」

「そ、そんなことどうでもいいだろう！　お前らは警官か何かか？　捜査権などないだろう！」

「そうだっ。そんなに疑うなら、しかるべきところに相談すればいい」

松也は半笑いでそう言った。

「その簪も拾ったんだ。それで保管していただけだ。警察にでもなんでも言っていいぞ」

自信満々の松也に、ありすは目を細める。

彼は決して自分は罪に問われないという顔をしている。これだけ明確な証拠があるというのに、だ。

そんな松也を、一臣は冷ややかな顔で見つめた。

「警察になど届けませんよ。霧島家の財力で真実をねじ曲げられても困る。——これらの証拠は、警察ではなく、霧島家前当主にお預けするつもりです」

松也はギョッと目を見開いて、冷や汗を流し始めた。

「……ま、待ってくれ。父上にその話を？」

「お父上はしっかりとした方ですので、警察よりもよほど厳しい対応をされることでしょう」

アンティーク伯爵と、実業家に敬意をはらわれている一臣は、そう静かに言い渡した。

松也は青ざめた顔となって、一臣の足下に這《は》いつくばった。

「そ、それだけはやめてくれ！　父上に知られたら、俺の立場が……。あ、あの女が悪いんだっ。俺が声をかけてやったのに、気のない素振りを見せて、本気にさせたから！」

「そういったことは、お父上にお話ください」

松也を切り捨てると、今度は生島が揉み手でもせんばかりに媚《こ》びてきた。

「空泉伯爵様、一体なにが目的でしょうか？　金銭的なことも含め、こちらができることはなんでもさせてもらいますが」

「私が望むことはひとつです」

一臣はありすを振り返り、発言をうながした。

ありすは胸元をぎゅっと握りしめる。

「やえさんの未練は、ご家族に、お母様の大事な形見を売り払ったと、自死だと、誤解されたことです。だから、ほんとうのことを、やえさんのご家族に説明してください」

生島は表情を険しくして、松也をちらりと見やる。松也はうつむいて手を震わせていた。

「そんなことをさせて、あなた方にどんな得が？」

生島にそう尋ねられて、ありすは困惑した。

損得など考えたこともなかったから。ただ、

「わたしはやえさんを成仏させたいのです。そのために出来ることをしたい」

「本当に？　死んだ娘と、生きている松也様。それも松也様は、あなたが結婚していた方だ。その方を貶めてまですることですか？」

「お、貶めるなんて！」

とんでもない言いがかりに、ありすは悲鳴をあげる。そこに、地の底を這うような声が響く。

「……破婚された、腹いせだろう？」

膝をついたまま、松也は憎悪の籠もった目を向けてくる。くしゃくしゃと、頭を掻《か》き毟《むし》った。

「あの女の未練を晴らしたいなんて綺麗事《きれいごと》っ。化け物だとバラされた恨みを、お前は俺に

ぶつけているだけだろうが！　おい、生島!!」

「はいっ」

「この女を取り押さえろっ。俺がよくよくわからせてやる！」

「……それは」

生島は一瞬たじろいだものの、松也に睨まれて、慌ててありすに摑《つか》みかかる。

それを阻んだのは一臣だった。

ありすと生島の間に滑り込むように入ると、生島の右肘をすくい上げる。そのまま一歩踏み込み、生島の関節を押さえ込んだ。

その一連の動きは流麗で、武道を嗜《たしな》むもののそれだった。細身の一臣が、倍ほどもある体格の生島を昏倒《こんとう》させる様に、ありすは呆気《あっけ》にとられた。

一臣様が、こんなにお強かったなんて……！

「お怪我はありませんかっ、ありす様！」

「は、はい！」

焦った声で確認されて、ありすは鼓動が高鳴るのを感じた。頭がぼんやりしてきて、首を振る。

足手まといになっちゃいけない！

ありすは注意深く、周囲を見回す。松也は地団駄を踏んでいた。

「あの男！　俺の邪魔ばかりしやがって！」

それから、おもむろにスーツの内側に手をいれて、男は黒い塊を取り出した。

それは小型拳銃だった。

一臣に銃口が向けられるのを、ありすは目撃する。

「やめて！」

その悲鳴は、銃声にかき消された。

◇◇◇

いっしょにいると、いつだって優しい空気に包まれるようだった。

言葉で、まなざしで、特別だと言ってくれる彼に応えられなかったのは、己に自信が持てなかったから。

そして、明日もまた生きて会えると安心していたから。

なぜそんな風に思ってしまったのだろう。

『いのち短し。恋せよ乙女だよ？』

父の言葉が蘇《よみがえ》っていた。

◇◇◇

「……いやぁぁ！」

力なくその細い体が倒れるのを目の当たりにして、ありすは絶叫した。

一臣の元へと駆け寄り、その体を抱き起こす。グレーのスーツの左胸が、じわり、と赤黒く染まっていった。

「だ、誰かっ。お医者様を！」

そう叫ぶが、この場で動けるのはありすと松也のみで、松也は拳銃を摑んだ両腕を伸ばして震えている。脂汗を垂らして笑う様に、ありすはぞっとした。

「はは！　ははは！　やった！　やったぞ!!」

そして男はありすに目を留める。

……逃げないとっ。逃げて、わたしが助けを呼ばなければ！

足をもつれさせながら扉に向かって走るありすに、銃口が向けられる。男は笑って引き金を引いた——が！

「うぐっ……」

松也は呻《うめ》いて、拳銃を取り落とす。その手には灰色の猫が噛《か》みついていた。

「お、お玉さん！」

「よう、ありす」

お玉さんは拳銃を咥《くわ》えると、そのままありすの元へと駆けてくる。

「そんなひどい顔をするな。我輩《わがはい》がきたから、もう大丈夫だぞ」

「一体どこに行っていたのよ！」

ありすは泣きながら、モフモフの毛皮を抱きしめる。柔らかな毛が濡《ぬ》れていくのを嫌がって、お玉さんは「こらやめろ」と暴れ出したが構わなかった。

「猫が、喋《しゃべ》った……」

しかし驚嘆の声を聞き取り、ありすは我に返る。

松也は手を押さえながら、固い笑みを浮かべていた。

「は！　流石《さすが》はばけもの姫だ。喋る猫なんてものまで飼っていたなんて。今までよくも騙《だま》してくれたなっ。俺が直々に、成敗してやるっ」

松也はずかずかと足音を荒らげて、ありすに接近してくる。

逃げなければと思うのに、恐怖で、ありすの足は動かなかった。ただただお玉さんを抱

きしめて身を固くしていると、

「やめろ……」

かすれた声が聞こえた。

見れば、血まみれの一臣が体を起こしている。胸を押さえて苦しげな様子だったが、ありすを守ろうと立ち上がっている。

「か、一臣様！」

残忍な顔をした松也の目線が、動く。標的が、ありすから一臣に変わったのを肌で感じた。

「や、やめて！」

そう叫んだ次の瞬間だった。

光が、弾《はじ》けた。

一体、なに⁉

ありすは目をつぶる。恐る恐る、周囲を確認したそこには——

はくはく、と。はくはく、と。

赤い唇が動いている。

血赤珊瑚《さんご》の簪《かんざし》に、首元には濃い靄《もや》。

美しい女の幽霊が、松也のすぐそばに佇《たたず》んでいた。

その姿はいつになくハッキリと視《み》えた。生きた人間となんら変わらぬ姿で。

「やえ、さん……？」

突然、松也が悲鳴をあげる。その眼《め》には、今まで視えていなかったやえを映している。

「ひぃやあああ」

「なぜお前がぁ……！」

そう言った次の瞬間、彼の周りにさらにふたつの影が出現する。

「あれは！」

成仏したはずの令嬢の幽霊と、芸妓《げいぎ》の幽霊だった。

『ゆるせない……ゆるせないわ……』

『いっしょに……いきましょう……』

ふたりは楽しそうに松也の周りを、くるり、くるりと回り始める。

「き、消えろ！　お前らは、成仏したはずだろうがぁ！」

頭を抱えて絶叫しながら、松也は彼女たちから逃れようと走り出す。

しかしそのすぐ前に、やえが。


はくはく、と。はくはく、と。


己の望みを訴えながら、壁際に追い込まれていく松也に、両手を伸ばす。やがて白い五指は松也の首筋にゆっくり絡みつき、その体は宙に浮いた。

「だ、だめよ！」

制止するありすを、やえは一瞥《いちべつ》した。

しかしすぐに興味を失った様子で、首を絞められ苦悶《くもん》する松也を見上げる。嬉《うれ》しそうに、笑みを浮かべて。

止めなきゃ！　殺させてしまったら、やえさんは悪霊となってしまうっ。

ありすは周囲を見回す。すると、足下で『それ』が音を立てた。

「これ……」

ありすはそれを手に取り、高々とかかげた。

「やえさん、お母様の簪よ！」

叫び声に、やえは無表情となった。数秒後、ありすを振り返ると、松也から手を離す。

取り落とされて、松也は呻いた。

「そう、それでいいの。こっちにきて」

やえは、ふらふらとありすのほうへとやってくる。

ありすも彼女に近づいて、血赤珊瑚の花嫁簪を握らせた。その瞬間――やえの首元の濃い靄が、晴れていく。

そこには首を絞められた痕があった。その痕も瞬く間に消え失《う》せて、やえは息を吐いた。

『ありがとう、取り返してくれて。ずっとさがしていたの……』

声が聞こえた。

今まで喋ることのできなかった、やえの。

やえも言葉を発せられることに驚いた様子で、自分の首に触れている。白い頬に、涙が溢《あふ》れた。

『ねえ、お願いがあるの』

「はい」

やえは、ありすを見つめる。

『わたしの未練は、寛吉さんに気持ちを伝えられなかったことなの。ひとこと、伝えたかった。ずっとお慕いしていました、と』

婚礼のときにだけ使われる花嫁簪。

亡き母の願いが込められたそれを胸に抱きながら乞われて、ありすはうなずいた。

「必ず。寛吉さんに、あなたの気持ちは必ずお伝えします」

だから安心して逝ってください、と。

ありすが願った瞬間、彼女の姿はかき消えたのだった。

◇◇◇

静寂が訪れ、松也のすすり泣く声が響いていた。

しばらく放心していたありすであったが、はっとする。

「か、一臣様！」

一臣の元に駆け寄ったありすは、そこで思いがけない光景を目にする。

「大丈夫です」

彼が座る床は血溜《ちだ》まりができている。

先ほどまでその顔は苦しげで、青ざめていたはずなのに、今、彼の頬はいつもと変わらぬ血色で、胸の血も止まっているようだった。

「申し訳ありません。ありす様の洋服を汚してしまいましたね……」

「そんなことはどうでもいいのですが」

一臣は疲れた様子で目を閉じる。そこへ、お玉さんがやってくる。

「ほお、なるほどなるほど。確かに、これは珍しい」

「お玉さん？」

ありすが訳知り顔のお玉さんを振り返ると、一臣は苦い笑みを浮かべて立ち上がった。

懐からハンカチーフを取り出すと、松也へと向かっていく。

「なんだお前は！　なぜその怪我《けが》で動けるんだっ」

一臣は無言のまま松也の前にしゃがみ、その胸ぐらを摑《つか》んだ。松也は悲鳴を上げる。

「ば、ば、ばけもの！　お、おれに、さわるな。いやだやめ」

「今後、ありす様には近寄るな」

松也の後ろ首に手刀を打ち込み沈黙させると、一臣は彼の両手を縛り上げた。

その彼の背中に、ありすはゆっくりと近づいた。

「一臣様、お怪我は大丈夫なのですか？」

「……ええ」

しばらくしてから、一臣は振り返った。

「僕は、化け物ですから」

その優しい笑顔は、泣いているようだった。

困惑するありすを、お玉さんは見上げる。

「その男が喰《く》った肉はな、伝説の『人魚の肉』のように、ひとを不老不死にする効果があったらしい」

一臣もうなずいた。そして、語る。

「三年前に、あの肉を食べた後から、僕の爪は伸びなくなりました。怪我をしても、瞬く間に傷は塞がる。病気もしない。今後、老いないかはわかりませんが、死ぬことができなくなったようです」

「そんな……」

そんなことがあるのだろうか、とありすは目を見張る。すると彼はありすの視線を避けるように、背を向けた。

「ありす様、今日をもって、あなたとは会いません。僕は、あなたの負担になりたくないから」

その背中は化け物である自分を見ないでくれと、言っているようだった。

ありすは胸が痛くなって、叫んだ。

「一臣様は、化け物ではありません！」

一臣の前に回り込んで、うつむく彼の顔を覗《のぞ》き込む。

「本当の化け物というのは、霧島様のように、嘘《うそ》をつき、人を踏みにじるひとのことを言うのですっ。一臣様は、優しい……優しすぎるひとです」

「あなたの言葉は、とても優しい。嬉しく感じます。けれどだめです。僕は自分を信用していません。僕の内では、恐ろしい声が聞こえているのですから」

「でもっ、わたしといると楽なのでしょう？　穏やかな気持ちになると言っていたじゃありませんかっ⁉」

一臣の服を摑む。決して離すまいと力を込めるありすを、お玉さんは困ったように見つめている。

「ありす、お前にその男は手に負えない。離れるんだ」

「嫌よっ。だって、だって……」

「ありす様、あやかしの猫様の言うとおりです。僕は、化け物なのです」

ありすは強く、首を振った。

「わたしはばけもの姫と呼ばれました。その通りなのでしょう。ひとよりもあやかしととにいることのほうが落ち着くのですから。だから、あなたが化け物であっても構いませんっ」

一臣の頬に手を伸ばす。あたたかな温《ぬく》もりに、ほっとため息が漏れる。

生きているからこそ感じる温もりだった。

「あのとき、一臣様が撃たれたとき、とても後悔しました。あなたが死んでしまうかもしれないと思って、はじめて自分の心を知ったのです」

まっすぐに見つめる。

青い瞳を。

泣いたように笑う、優しいひとを。

「わたしは、あなたが大好きです。心から、お慕いしております……」

一臣は息を吞《の》んだ。大きく見開かれた瞳から、透明な涙が溢れてゆく。

それを綺麗《きれい》だと、ありすは思った。

頬をこぼれていく雫《しずく》に触れたくて、指先ですくっていると、胸が優しい気持ちで満たされていくようだった。

これが愛おしいという感情なのだと知った。

「ぼくは……ぼくも……」

一臣はゆっくりと崩れるように座り込む。ありすも座り込みながら、彼から目を離さなかった。ひとときも目を逸《そ》らしたくなかった。

「僕も、あなたが好きです」

「……はい」

じわり、と。喜びで全身が包まれた。

ありすは微笑《ほほえ》んだ。

「とても嬉しいです」

「いっしょに、いたいです」

「わたしも。いっしょにいましょう」

ありすは一臣を抱きしめる。おずおずと肩に回される手の平の熱に、深く安堵《あんど》した。

「よかった、生きていて」

気づけば、ありすの頬も涙で濡《ぬ》れていった。

しかしそれはあたたかな涙で、流すほどに胸の内が優しく、甘く痛んだ。

そうしてどれくらい時間が経《た》っただろうか。

彼はふいに、ありすから体を離した。

「けれど、ありす様。僕は、あやかしの猫様と約束をしたのです。今日をもって、ありす様から離れると」

「……わたしも言われていました。離れるように、と。でも……」

ありすはお玉さんを振り返る。

灰色猫はどこか呆《あき》れたような目をしていた。

「お前、後悔するぞ」

そう言われて、ありすは力強く笑う。

「今ここで離れても後悔するわ。後悔のない人生などないのよ」

「……その男が元旦那退治で活躍したように見えるだろうが、我輩《わがはい》はいろいろと助けてやったんだぞ！　なぜ言うことを聞かないっ」

地団駄を踏むお玉さんに、ありすは首を傾《かし》げる。一臣はうなずいた。

「やえさんの花嫁簪《かんざし》の場所を教えてくれたのは、あやかしの猫様なのです」

「そうだったの」

「それ以外にもあるのだっ。やえたちに力を与えたのは……」

「やえさんに力を与えたのは？」

「なんでもない……」

お玉さんは慌てて口をつぐむ。黄桜家の『真実の鏡』の力を使い、幽霊を視《み》えるようにした功労者は、ぷい、と顔を背ける。

「お玉さん？」

「……時間を、やる」

やがてぽつりと言うと、お玉さんは一臣を睨《にら》みつけた。

「お前が、ありすを守ろうとする『ひと』なのは理解した。だから今しばらく目をつぶっておいてやる」

「お玉さん！」

ありすは歓喜の声を上げる。

「わたしたちのことを許してくれるのね！」

「勘違いするな。お前たちが後悔するまで、しばらく待ってやると言っているだけだ」

ふん、と鼻を鳴らす。お玉さんは背を向けて歩き出す。

「お玉さん……」

その後ろ姿を見送っていると、一臣はありすの手を握りしめた。

「ありす様、お願いがあります」

「はい」

「僕が化け物となったら、必ず、僕から離れてください」

「そんなこと……」

「僕も、やはり自分が化け物でどうしようもないと思ったら、ありす様の前から消えます。決して、さがさないでください」

その真剣な瞳を、ありすはまっすぐに見つめ返した。

「わたしが、決して、一臣様を化け物にはさせません。――ともに生きましょう」

心の底から告げると、一臣は観念したように笑って、ゆっくりうなずくのだった。

◇◇◇

――それからがまた大変だった。

血塗《ちまみ》れの洋装を着替えて自宅に戻った夜、ありすは熱を出したのである。

緊張状態から解放されたのだろう。

お玉さんには「知恵熱か？」と笑われたが、三日、床から起き上がれず、ずいぶんと周りを心配させたものである。

そして、その間に物事は大きく進んだ。

まず霧島家に警察の捜査が入ったのである。

松也が拳銃を発砲したことで、周囲の者が通報したらしい。ありすたちが立ち去った後、霧島家には警官がやってきたそうだ。

それで一臣のところにも問い合わせがあり、一臣は情報を提供。やえの件も警察が再捜査することになったと話してくれた。

一臣はありすの元に何度も見舞いに来てくれていたが、捜査協力をしたり、霧島家の前当主と面会したりと、なにかと忙しかったらしい。ありすも体調が万全でなかったこともあり、ふたりが、やえの生家を訪問したのは翌月になってのことだった。

ようやく、やえさんとの約束が果たせる。

ありすが寛吉に血赤珊瑚《さんご》の簪と、やえの最後の願いを届けると、彼はその場に崩れ落ちて、むせび泣いた。それを見て、ありすはやえが愛されていたことを知り、やるせない想《おも》いとなったのだった。

……わたしは、幸運だった。

生きて、一臣に気持ちを伝えられた。

あのとき、一臣が死んでいたらできなかったことをしている。

「ありす様、この後のご予定はありますか？」

今日も一臣は、優しい微笑みをありすに向けてくれる。ありすも笑みを返した。

「特にありません。一臣様と話しながら、少し歩きたい気分です」

「いいですね。では歩いて疲れたら、この間の林檎《りんご》パイのお店に行きませんか？」

「はい！」

何気ない日常が、幸せだと思った。

美味《おい》しいものを食べて、好きなひとと、たわいない話をする。

喜びや悲しみを分かち合えることが、たまらなく愛おしく感じた。

これから先は、どうなるかわからないけれど……。

不安を数え始めたら、いくらでも出てくるだろう。

けれど、彼と前に進める自分はやはり幸運だと思うのだ。

「林檎パイ、楽しみですね」

夏の空はどこまでも明るく、澄み渡っていた。

◇◇◇

ある晴れた日。

黄桜の花が咲く頃、白無垢《しろむく》の花嫁が、青い瞳の男をゆっくりと見上げる。

婚礼の儀には、ひとの他に、あやかしたちが見守っていた。

「ありす様、いきましょうか」

「はい、一臣様」

それはしばし先の未来。

これは鬼の肉を喰《く》った不老不死の青年と、ばけもの姫と呼ばれた娘の恋物語である。

あとがき

はじめまして、本葉《もとは》かのこと申します。他の物語でお会いした方は、お久しぶりです。

鬼や物《もの》の怪《け》が跳梁跋扈《ちょうりょうばっこ》する物語を読み漁《あさ》っていた幼い頃。いつかこんな物語を書いてみたいなぁと思いながらも、偉大な先輩方の物語を読むことで満足していました。

それがあるとき、私の祖母のことを面白いと担当さんがおっしゃって、それで物語の種が芽吹き、育ち、こうしてひとつの形となりました。

祖母は大正の生まれで、女性にしてはずいぶんと強く、賢いひとだったようです。

その祖母が、マリというシャム猫を飼っていて、私は床を這《は》いずっていた赤子時代から、この猫に面倒をみてもらっていたようです。

猫は長生きをすると猫又という妖怪になるという伝説があります。マリは十八年生きたものですから、猫又になってくれないかと幼心に思ったものでした。

この祖母とマリが、あの方たちのモデルとなります。

今作はそういった思い出を懐かしみながら執筆しましたが、その反面、難産でした。

理由はふたつあって、ひとつは調べ物が多かったこと。

そしてもうひとつは、私が出産をしていたことにあります。

……大変だと噂《うわさ》には聞いていました。

想定外だったのは、妊娠出産がゴールではなく、育児という新たな修羅場のスタートだったということでして、産後三ヶ月は記憶が曖昧です。

ただ子供が産まれた直後のことは印象に残っていて、「がんばったね」と彼に声をかけたところ、こちらをまっすぐ見て、こくん、とうなずいていました。やはり、産まれてくるというのは大変なのだなと思いました。

この物語の執筆中は他にもいろいろあったのですが、それらを乗り越えられたのは、家族や友人に支えられたからです。この場でお礼申し上げます。

最後になりますが、今回も担当さんにはたいへんお世話になりました。スケジュールの調整から修正指示、その他、様々なことをお気遣いくださり、感謝しております。

イラストのサカノ景子《けいこ》様。学生の頃、表紙買いをしていた憧れの創作者様に、イラストをお引き受けいただき、執筆の励みとなっておりました。ありがとうございます。

そして、この物語をお読みいただいた皆様に、心からの感謝を捧《ささ》げます。

ではまた、お会いできる日を願っております。

二〇二四年十一月　　本葉かのこ

《参考文献》

・和田博文『資生堂という文化装置 1872-1945』岩波書店（二〇一一年）
・小針侑起『大正昭和美人図鑑』河出書房新社（二〇一八年）
・大野らふ、桐生正子『大正の夢 秘密の銘仙ものがたり 桐生正子着物コレクション』河出書房新社（二〇二一年）
・小針侑起『遊廓・花柳界・ダンスホール・カフェーの近代史』河出書房新社（二〇二三年）
・清水美知子『〈女中〉イメージの家庭文化史』世界思想社（二〇〇四年）
・建築知識（編）『建築知識　2023年3月号』エクスナレッジ（二〇二三年）
・後藤知美『東京家政学院大学紀要　第63号　2023年／戦前の雑誌記事にみる銘仙に関する記述とその変遷―婦人雑誌を中心に―』21861951_63_1-31.pdf
・作詞／吉井勇、作曲／中山晋平「ゴンドラの唄」（一九一五年四月）

お便りはこちらまで

〒一〇二―八一七七
富士見L文庫編集部　気付
本葉かのこ（様）宛
サカノ景子（様）宛

富士見L文庫

ばけもの姫《ひめ》の再婚《さいこん》

本葉《もとは》かのこ

2025年1月15日　初版発行

発行者　山下直久
発　行　株式会社 KADOKAWA
〒102-8177　東京都千代田区富士見2-13-3
電話　0570-002-301（ナビダイヤル）

印刷所　株式会社暁印刷
製本所　本間製本株式会社
装丁者　西村弘美

定価はカバーに表示してあります。　◇◇◇

●お問い合わせ
https://www.kadokawa.co.jp/（「お問い合わせ」へお進みください）
※内容によっては、お答えできない場合があります。
※サポートは日本国内のみとさせていただきます。
※Japanese text only

ISBN 978-4-04-075770-4 C0193